ダッシュエックス文庫

JN178911

自重しない元勇者の強くて楽しいニューゲーム

新木 伸

第一章

異世界で暮らす

jicho shinai motoyusya no tsuyokute tanoshii......New game

#000. トラック転生 「はーい。一級管理神エルマリアが承りまーす」

いつの頃からだろう。

俺は、よく夢を見るようになっていた。

それは、自分が〝勇者〟として、この現実世界と違う異世界で生きている夢だった。

その世界での俺は、いまの俺とは違う存在だった。

人々に必要とされ、そして、戦って、戦って、戦い続けていた。

だが、それは、あくまでも、夢——。

はじめはそう思っていた。

しかし毎夜、寝床にはいるたびに夢を見るたびに、いつしか俺は、この現実世界での人生のほうが、幻に思えてくるようになっていた。

現実世界での俺の人生は、取るに足らないものだった。

ブラックバイトと、ブラック企業にすり潰されてゆく毎日が、俺にとっての「現実」だった。

就職に失敗して、アルバイター生活を続け、ようやく定職にありつけたと思ったら、とんだブラック企業だった。

「夢」として垣間見《かいまみ》る、別の人生が、俺にとって、もうひとつの現実となりつつあったわけだ。

まあブラック度合いでいえば、あちらの人生の「勇者業」も、なかなかのものだったが……。

戦って、戦って、戦い続けて……。勝って当然。すこしでも被害を出せば、それでも勇者かと民衆から責められる日々。

そして最期《さいご》は——。

これは最近になって夢に現れるようになったシーンなのだが。

勇者の最期は——。

魔王との戦いで、相打ちだった。

だがこの二つのブラック人生——。

どちらを選ぶとなれば、俺の答えは決まっていた。

なんの意味もなくすり潰されてゆくならば、なにかの意味があってすり潰されてゆくほうが、まだマシだった。

恋も出会いもなく、寂しく独身童貞《どうてい》貴族を貫くくらいなら、美しい姫君との出会いとロマンスだけはあって、結ばれない悲恋に涙したほうがいい。（勇者には恋をしている暇もなかった。なにより姫には、俺より彼女を幸せにできる男が傍にいた）

そして、最も大きな、一点の違いは——。

勇者には運命を共にする「仲間」がいたということだ。

◇

ある日、俺は、トラックに撥《は》ねられた。
そして、当然、死んだ。
そして、どこともつかない、不思議な空間で——。
俺は「女神」と名乗る存在と出会った。

◇

《はい。起きてます？　起きてますね？》
どこからか声が聞こえる。
目の前に、なにかぼんやりとした、光の塊《かたまり》のようなものが……あるような気がする。
《ああ。無理にイメージを見ようとしないほうがいいですよー。高次の存在であるわたしたちは～、三次元の方々には、刺激がちょお～っと強すぎますから。意識が焼き切れちゃいますので》
なにか言っている。俺はしっかりと見ようとするのをやめて、光の球体を、ぼんやりと眺めるままにした。
《ところで、聞こえてますかー？　意識は、はっきりしてますかー？》
俺は口を開いて答えようとした。
だが口はきけないみたいだった。
かわりになにか、「はい」と「いいえ」という選択肢《し》が脳裏《のうり》に浮かんでくる。
トラックに撥ねられて死んだ俺は、どうも、魂だけになっているようだ。
「はい」か「いいえ」でしか答えられないようだ。
しかたがないので、とりあえず、「はい」のほうを選んだ。

・・・

↓はい

《はい。聞こえてますねー。それじゃあ。手続きにはいりまーす。あー、申し遅れましたー。今回の転生手続きはー、わたくし、一級管理神エルマリアが承《うけたまわ》りまーす》
なんか妙に軽いノリの女神だった。ＪＫでもやっていると似合いそうな感じだ。あと神様の世界にも階級とかあるんだ。

《えへへ。人間の方々の世界の制度をー、取り入れましてぇー。これいいですねー。権限がはっきりわかっていいですねー。わたし。だいぶ偉いほうだったみたいなんですよー。この制度取り入れるまで、気づきませんでしたー。あとＪＫいいですねー。ＪＫー。いっぺんなってみたいでーす。紅茶とかいう飲み物。飲んでみたいんですよー》

ＪＫ女神はよく喋《しゃべ》る。

《さて。ここで本題です。前々世で世界を救って、ポイント、た〜っくさん溜めた貴方《あなた》にはっ、ななな！　なーんとっ！　特権がありまーす！》

ああ。やっぱり。

俺はなんとなく理解した。

色々なことを理解した。

前の人生でよく見ていた夢の意味も理解した。

そしてこれから俺の身に起きることも――たぶん、知ってた。

〝あれ〟は、フィクションで小説のなかのお話だと思っていたが――。ひょっとして、〝これ〟を〝知っていた〟やつらが、すこしはいたんじゃないだろうか？

《ハンコ。まだたくさん残ってますよー？　こんどは、なににしますー？》

ていうか。ハンコ制なのね。店のサービススタンプみたいだな。

《すっごく、強い武器を持って転生しますかー？　伝説の武器です。すっごいです。持ってるだけで最強です》

いらんなぁ。

・・・・↓「いいえ」

《すっごく、強い敵はどうですかー？　まえのときより、もっとハードでエクセレントかつナイトメアで、最初の街から出たところのザコさんが、前のときのラスボスくらいはあってぇ――》

カンベンしてくれ。

・・・・↓「いいえ」

《えー？　だめですかー？　俺より強いやつに遭《あ》いに行くって方、けっこういらっしゃるんですけどねぇ……》

いるかもしれんが、俺はそーゆーの、もういいんで。

《そういえば。あなた。前のときには、〝もういい。平和な世界で普通に暮らしたい〟って、そうおっしゃってましたっけねー。それでポイントぜんぜん使わなくて》

そうか。俺はそう言ったのか。「前のとき」というのは、覚えてはいないが、あの苛烈《かれつ》なまでの勇者の人生を思えば、前の俺が、そう選んだのも、わからないでもない。

……え？　ちょっと待てよ。

普通？　普通の暮らしだって？

俺がどれだけブラックアルバイトと、ブラック企業とに、すり減らされてきたと……？

俺は「いいえ」を幾つも突きつけた。

《えー？　クレームですかー？　あのわたし。転生女神ですので。クレームは、クレームサポート係にお願いしたいんですけどー》

うるせえ。犯すぞ。

《えーと、えーと……、ちょっと待ってくださいね。あなたの転生した、一つ前の世界を調べてみますのでぇ――》

女神はしばらく黙っていた。光がわずかに大きくなったり、小さくなったり、脈動している。しかしこの光。綺麗《きれい》だな。

《えーと……、べつに、転送先の設定は、間違ってないみたいですけど？》

うそをつけ。

俺は「いいえ」を、いくつも突きつけた。

《女神はうそなんてつけないですよー。あ。でもー。そのうち学んでみたいですねー。うそ。物質脳を持つと、うそがつけるみたいなんですけど》

しらんがな。

《あなたの前にいた世界はー、平和そのものじゃないですかー。魔王さん。いませんし。戦争も、局地的にはありますが、あなたの国で、あなたの生きていた時代内では、戦争はなかったじゃないですか》

それは……、そうだが。

《あと、なんでしたっけ？　……ぶらっく？　それだって、特別に悪いわけじゃなくて――世のなか的には、〝普通〟みたいですけど？》

それも――、まあそうだが。

《あと、あなたが女性と縁がなかったことについても、ごくごく、平均的な――》

わかった。わかったから。それについては皆まで言うな。

「はい」をいくつも突きつけて、俺は女神を黙らせた。

《それより今回はどうします？　チート、どうですか？　チート？》

いらんって。

《転生した先の世界になじめますように、うまく生きていけますように。サービスでチートが一個つく規則なんですけど》

それより一つ。頼みたいことがある。

――が、問題は、それをどうやって、このＪＫ女神に伝えるかだが……。

……。

……。

……。

「はい」と「いいえ」だけで、それを伝えるのには、けっこう苦労した。

転生する先を選ばせてほしい。

――ということを、俺はなんとか女神に伝えた。

《え？　ほんとうに、行く先は、前の前の世界で――あの世界でいいんですか？》

↓「はい」

《はぁ。いちど自分の救った世界に転生したいなんて、へんな人ですねー》
そうなのか？
俺にとってはそれが望みなんだが。
あの人生のほうが「現実」なんだが。
それだけでいいんだ。あそこに還《かえ》りたいだけなんだ。
《あのー？　本当に、いいんですかー？　あの世界、もう平和そのものですよー？　王様にも英雄にもなれないですよ？　魔王さんだって、いませんし。特に英霊召喚要請も、受けてはおりませんし》
いいんだよ。
《あなたがあの世界を救ったのは確かですけど。あれから、もう……ええと、三次元の方々の主観時間で、もう何十年も経っちゃってますよ？　正確には、五一年と三二一日と七時間三二分一五秒ほどですけど》
そんなにか。
《お知りあいの方もー。もう、いないのではー？　――人間の方って、寿命、どのくらいでしたっけ？　五年くらいでしたっけ？》
ハムスターかよ。
いいから。もういいから。

とにかくあそこに転生させろよっ

↓「はい」↓「はい」↓「はい」↓「はい」↓「はい」↓「はい」↓「はい」↓「はい」↓「はい」↓「はい」↓「はい」↓「はい」↓「はい」↓「はい」↓「はい」↓「はい」

俺は、「はい」をたくさん突きつけてやった。

《あー。はいはいー。わかりましたー》

女神は観念したようだ。

《はい。それではー。あなたはあの世界に戻りまーす。出戻りでーす。それではー。一級管理神の、わたくしエルマリアがー、承《うけたまわ》りましたー》

ＪＫ女神は、サポートセンターの人みたいな最後の文句を口にしていた。

脳天気なその声を聞きながら――。

俺の意識は、ぐんぐんと飛ばされていった。

異世界と書いて、故郷と読む。

その異世界へと――。

#001. 異世界への帰還　「お久しぶりです。マスター」

気がついたときには、どこか建物の中に立っていた。

古びた倉庫？　なにかの納屋《なや》？

朽《く》ちかけて放棄された木造の建物の中に、俺は立っていた。

そこは、だいたい薄暗かったが、屋根が破れているのか、あちこちから陽光が洩《も》れだしてきていて、ちいさく、まるい光を投げ落としている。

藁《わら》の上にシーツが敷かれ、簡易なベッドもある。若干《じゃっかん》の家具もある。ほんのすこしの生活感が、そこには漂っていた。

地面には魔方陣がある。わずかに残った魔力の残り火で、きらきらと瞬いている。

両の足が、地面を踏んでいることに気づいた。

さっきまで意識だけの存在だったので、足があることが、その感触が、とても新鮮だ。

手を見ると——、しゅわしゅわと、粒子が寄り集まって、肘ができて腕ができて、手の指ができた。

びっくりして、しばらく見つめていたが——。手の輪郭《りんかく》は、もう揺らがない。

なるほど。こうやって肉体が生じるのか。

「お久しぶりです。マスター」

背後から聞こえた女の声に――俺は、ぎくりとした。

ゆっくり。ゆっくりと――振り返る。

そこに立っていたのは――。

「モーリン……、か？」

俺は思わず、そう、つぶやいてしまっていた。

そこにいたのは、かつての俺のパーティメンバーの一人――。

賢者にして、占い師にして、予言者にして、神託者――。

〝勇者〟であった俺を、召喚し、育てて戦わせた、その人――。

前の前の〝勇者〟の人生において、師であり姉であり仲間であり従者であった、美女モーリン――と、そっくりの女性が、そこにいた。

「……な、わけはないわな」

転生女神の話では、あの時代から、数十年は経っているはずだ。

たしかに彼女は、年齢を感じさせない女性ではあったが……。いくらなんでも、そのまま変化なし、なんてことはないはずだ。

目の前の女性は、二〇代半ばくらいだろうか。

深紫のゆったりとしたローブを着込んでいるが、女性らしい起伏《きふく》に富《と》んだプロポーションはその上からでもうかがえる。

　髪の色はこの世界では珍しい黒髪だ。向こうの世界であればショートボブという、その髪型は、表情を滅多《めった》に見せない彼女のクールな雰囲気《ふんいき》に、よく似合っている。

　体つきも雰囲気も髪型までも、昔と同じなのだが……。

　やはり別人のはずだ。

「本人ですよ」

「うえっ？」

　俺は驚いた。

「いや。まさかそんな？　だって何十年も経ってるって……」

「では別人ということで。あちらは母で、いまのこのわたくしは、その娘です」

「〝ということで〟って、なんだよ？　どっちなんだよ？　――だいたい〝娘〟にしたって、計算合わなくねえか？」

「なら孫で」

　俺は、ぷっと吹きだした。

「もういいよ。どうでもいいよ。どっちでもいいよ。とにかく――。モーリンなんだろ？」

「ええ。マスター」

　彼女は服の襟首《えりくび》を手で下げた。首筋を俺に示す。白い肌に、切手くらいの小さな印が刻まれている。

隷従《れいじゅう》の紋様だ。

彼女が細い指先で黒い印に触れると、それは魔力を帯びて輝いて――。

俺の服の胸元あたりでも、同じ形が現れていた。服を越して光が見える。

「二度の転生を経ても有効でしたね。隷従の紋は、魂に刻まれるものですから」

「破棄《はき》してなかったのか」

俺は言った。

この服従を強制する魔法は、契約者の片方が死ねば、残った者の意思で、破棄することもできる。

前々世で彼女にこの契約魔法をかけた。

師であり姉であり友人であり仲間であり、恋人――であったかどうかは定かではなかった相手に、必要と理由があり――かけた魔法だ。

まだ有効だったとは。破棄してなかったとは。

「その必要もありませんでしたので」

彼女はしれっと、そう言った。

これまでずっと表情がなかったその顔に、ほんのわずかに、微笑《ほほえ》みを浮かべる。

しかしその笑顔も、すぐにキツめのいつもの無表情に、とってかわられた。

「管理神から、転生者が来ると告げられました。それで待っていましたら……。なぜ、マスターがやってくるのです？」

「来ちゃいけなかったか？　俺の行った世界じゃ、トラックに撥《は》ねられて異世界に転生するのが、すごく流行《はや》ってんだよ」

「マスターがなにか間抜けな死にかたをなさって、転生されたのは理解しました。でもなぜ、わざわざこの世界に？」

「なんだか迷惑そうな言いかただな。昔はそっちから呼び寄せたくせに」

「ええ。世界のバランスが壊れていましたから。〝魔王〟という特異存在に対抗しうる、〝勇者〟という、もう一つの特異点を注文しました」

「注文するなよ。俺は品物か」

「管理神には少々〝貸し〟がありますので、当日にすぐ届きます」

「Ａｍａｚｏｎかよ」

モーリンはしばらく無言で――。ちょっとだけ、中空を見上げるような仕草をした。

そしてすぐに――。

「ええ。〝プライム会員〟ってところですね。……でもマスター？　別世界の常識を必要とするジョークに、突っこみを期待するのは、いささか無理があると思われますが」

「律儀《りちぎ》に突っこんでいるおまえもおまえだな」

俺たちはほんの一瞬だけ微笑みを浮かべあった。

昔、毎日繰り返していたやりとりが——戻ってきた。

「まだこの世界に転生された理由をお答えいただいておりませんが」

「やはり困るのか？」

「ええ。正直に言うと。少々。先ほど申しあげました通り、勇者級の魂は、この世界において特異的な存在です。もしマスターにその気がありますと、簡単に、バランス・ブレイカーとなることができます」

「ならないがな」

「なれますよ？」

「ならないって」

「なれるんです。その力があれば、神——になるのには、いささか足りませんが、悪魔にはなれます。そして魔王にも……」

モーリンは、じいっと、うかがうような視線。

「勇者が、魔王になって、どーするよ」

「そうならないように願います。そして願うだけでは足りませんので。ずっと監視していなくてはなりませんね」

「具体的には？」

俺は、聞いた。

「マスターのお傍に付き添う必要があるでしょうね」

「ずっと?」

「ええ。マスターがこの世界にいるあいだは。ずっとになりますね」

「じゃあ一生ってことだな」

「そうなりますね。マスターが〝おいた〟をなさらないように、ずっと、見張っていないとなりませんね」

モーリンと俺との間にあった距離が、すこしだけ詰まった。

どちらから近づいたのか。それは定かではない。

「今回は倒すべき魔王もいませんし。前のときのように、マスターを育てる必要もないことですし……。どういう役割で接すればよろしいですか? 母? それとも姉?」

まいったな。〝母〟もあったのか。俺の認識にあったのは〝姉〟どまりだったが。

たしかに前回は幼少期からモーリンに育てられたわけであるが――。

「姉もご不満であるご様子ですね。ではなにがいいのでしょう? 師? 友人? 仲間?」

もう一歩。

その、もう一つ先を言ってくれないか。

俺とモーリンとの距離は、さっきよりも、もっと縮まっていた。

体と体とが、触れあうほどに……。

「マスターは何度生まれ変わっても、意気地《いくじ》なしのへたれであるところは、お変わりがないようですね。前世のときにも、わたくしのカラダに興味はあったご様子ですけど。チラ見するだけ。そして視線が重なれば、そっぽを向いて、素知らぬふり。鳴ってもいない口笛は、あれは、痛すぎでした」

モーリンのその声には、責めるような響きがあった。

白い指先が、俺の胸のあたりにあたっていた。「の」の字をいくつも描いている。

「しかたがないだろう。あのときは」

毎日が戦いだった。そんなことをしている余裕はなかった。

世界を背負う勇者として自重していた。

勇者として二〇年の生をまっとうした。戦って、戦って、戦って――そして世界を救ったそのかわりに、俺は死んだ。

「隷従の紋を使われれば、わたくしに拒否権なんてありませんでしたけど？」

ああ。そうだろう。

正直に言おう。余裕がなかったことが、本当の理由ではない。

怖かったのだ。

拒絶されたらどうしようと、そればかりを考えていた。

隷従の紋がある以上、彼女に俺の命令を拒《こば》むことはできない。だが心までは自由にならない。

俺は彼女に嫌われてしまうことが、怖かったのだ。

「生まれ変わった世界で、功夫《くんふー》は積まれていらっしゃいましたか？」

「さあ。どうだろうな」

俺はのらりくらりと、そう答えた。

は？　ブラックバイトとブラック企業にすり潰される日々ですよ？

いったいどんな功夫を期待しろと？

だが――。

この世界に戻るときに、たった一つだけ、俺が決めていたことがあった。

それは――。

「あっ」

モーリンが短く声をあげる。俺が彼女を抱き寄せたからだ。

「功夫を積んできたかどうか。試してみるってのは？」

「どういう役割で接すれば良いのか。まだ先ほどの質問のお答えを頂いておりません」

ずっしりと重たい女体が俺の腕の中にある。

脳髄《のうずい》まで泡立《あわだ》つような歓喜を覚えつつ、俺は努めて冷静でいようとした。

「わたくし。これは。拒絶すればいいのでしょうか。どうすれば良いのでしょうか」

彼女が目を背けて、あさっての方向を見つめている。
「好きにしろよ」
俺はそう言った。本当のことだった。
拒まれることは怖くない。もう怖くはない。
拒まれて傷つくことのできた時代は、もはや懐かしいほど、遠い昔だった。
それよりも彼女が欲しい。
彼女がもし拒むというのなら、拒めばいい。
俺は彼女を欲するだけだった。
「隷従の紋は使いませんか？」
「必要か？」
あいかわらず彼女は、目線を合わせようとしない。
なぜだろう、と、思って――すぐにその理由が判明した。
彼女の目がずっと見ているのは――小屋の端にある、干し草のベッドだった。
この世界に戻れることになったとき、俺が決めたことが、一つだけある。
俺はもう、自重しない。
俺は彼女をベッドに押し倒した。

#002. 朝ちゅん「マスターはケダモノでした」

朝だった。

ちゅん。ちゅん。……と、スズメっぽい鳴き声が聞こえてくる。

異世界にもスズメはいるのだろうか。

そんなことを考えながら、俺は干し草のベッドの上で、もぞもぞと寝返りを打った。

まだ半分眠りながら――。何気なく、傍《かたわ》らに手を伸ばすと――。

隣にあるはずの女体はなく――。人の形のぬくもりだけが、シーツの上に残されていた。

一瞬――。脳髄が芯まで冷えて、俺は飛び起きていた。

「おはようございます。マスター。朝食には、いましばらく掛かります。まだ横になられていていいですよ」

一分の隙《すき》もなく、ぴしりと服を着こなしたモーリンが、やはり一分の隙もない無表情顔を浮かべていた。

昨日、あれだけ乱れたというのに……。その片鱗《へんりん》もうかがわせない。完璧《かんぺき》なまでの偽装っぷりだ。

「その服は……？」

俺は、まずそこから訊ねてみた。

「これですか？　メイド服です」

黒いロングスカートをぴらっ。

その場で、くるりん。

無表情でやるものだから、ギャップがむごい。

「……この、香ばしい、においは？」

小屋のなかに満ちる、この香りは——覚えのあるものだった。

「これはコーヒーですね」

彼女は、しれっと、そう言った。

「なんで異世界にメイド服とコーヒーがあるんだ？」

俺のこの世界に対する記憶は、夢で見た場面の寄せ集めでしかなく、あまりはっきりと覚えているわけではないが——。

たしか、コーヒーもメイドさんも、いなかったはずだ。

もっと異世界っぽい感じだった。

「ここ最近は転生者が多いようで。わりと文化が混じってきていますね」

お、おう……。

そんなことが……。

モーリンのメイド姿を鑑賞できるのも、朝からコーヒーが飲めることも、喜ぶべきなのかもしれないが……。

俺は一抹《いちまつ》のわびしさも感じていた。

俺の愛する異世界が……。

喩《たと》えて言うなら――。

なんか観光客が押し寄せたら、秘境が文明化しちゃった感じ？　秘境に辿《たど》り着いたら、そこの原住民がTシャツ着てて、自販機でコーラが買えちゃう感じ？

「マスターの世界のものと思いましたので、用意してみたのですが……。不評のようでしたら、やめます」

「いや。やめなくていい」

「やめなくていいのですか？」

「うん。いい。……あと、さっきの、もういっぺんやって」

「さっきの、とは？」

「くるりん、って回るやつ」

「こうですね」

モーリンは回った。俺は幸せになった。

◇

「本日のご予定を、ご説明させていただきます」

上半身裸のまま食事をする俺に、モーリンが言う。

「おまえも食え」

俺は皿の上の料理を示した。

スクランブルエッグに、ベーコンみたいなものを焼いたやつ。

あと、向こうのものとちょっと違うが、パンみたいなもの。

そこにコーヒーが加わって、いかにも「朝食」的になっている。

向こうの世界から転生したばかりの俺の味覚に、モーリンが合わせてくれたのだろう。

それとも文化侵食が進みすぎて、こういうものが、この世界の一般的な朝食になってしまっているのだろうか？

食ってみたら——、これが、うまかった！

現代世界の食材とは、味がまったく違う！

すげえ！　卵ってこんなにうまかったのか！　このベーコンの肉味はどうだ！

パンもちょっと変わった味だったが！　うまい！　うまい！　うまい！

俺こんなうまいもの食ったこと！　生まれてはじめてだ！

いや。こちらの人生では生まれて一晩だけど。

はっ――と、気がつくと、モーリンが見ていた。

口許《くちもと》に手をあてて、くすくすと笑っている。

モーリンのレア笑顔げーっと。――じゃなくて。

「笑うな」

「申しわけありません。ハナミズ垂らして一心不乱に食べているマスターを見ると、どうにも、いとおしくて――」

え？　ハナミズ垂れてた？

俺は慌てて、顔をまさぐった。

モーリンからタオルを出されて、それで顔を拭《ぬぐ》う。

そんなに感激して食ってたのか……。

はずかしい……。

「おまえも食べろよ」

俺はモーリンを食事に誘った。さっきからずっと俺一人で食べている。

「いえ。侍従《じじゅう》が主《あるじ》と食事を摂《と》るわけにはいきません」

「いつ侍従になった」

「秘書的な役割も兼ねております」

「秘書か」

そういえば、さっき――。

予定がどうとか。スケジュールがどうとか。言っていたっけ。

「もしも、わたくしにお求めの役割が〝恋人〟であれば、ご一緒に朝食を摂っても、差し支えないと思うのですけど」

俺はあさってのほうを向いた。

鳴らない口笛を、ぴゅーと、吹いた。

「では……。マスターの功夫《くんふー》が足りていらっしゃらないようですので。侍従ないしは、秘書ないしは、メイド――といったあたりで」

責めるような響きを言外《げんがい》に漂わせて、モーリンが言う。

だって、ねえ？

……恥ずかしいじゃん？

「さっき予定とか言ったか？」

「はい。申しあげました」

「ゆっくりするわけには、いかんのか？」

なにしろ俺は、転生したばかり。

俺の主観的にいえば、「残業」が空けたのが数時間前――。

トラックに撥《は》ねられたのは、ふらふらになって、終電をのがして、二つ前の駅から、徒歩でアパートの部屋に帰宅する最中のことだった。

毎月の残業が二〇〇時間を超えるのは日常的。

ノー休日は、たしか、連続七〇日目くらいだったはず。

せっかくトラック転生したんだし。

俺に優しい女のいる、俺に優しい世界に来れたんだから、すこしぐらい「休暇」がもらえてもいいんじゃなかろうか。

この世界には、もう〝魔王〟だっていないわけだし……。

俺にはなにも使命はないわけだし。

「なあ。せめて一日二日、ゆっくりしてちゃだめか?」

「ええ。もしどうしてもとおっしゃるのでしたら、隷従《れいじゅう》の紋をお使いください。そうすればわたくしは絶対服従ですので」

「ちぇっ……」

俺は舌打ちした。俺がそれをできないということを知っていて、言うのだ。

「はい。はい。食事が終わりましたら、お召し物を身に着けてくださいね」

俺は慌てて、残りを片付けた。

衣類をひとつひとつ身に着けてゆく。

俺が服を着るのを、モーリンは、甲斐甲斐《かいがい》しく、手伝ってきた。

服越しに感じる手の感触を好ましく思いながら、俺は聞いた。

「今日は？　なにをするんだ？」

「まずマスターの身分を確保します」

「身分？」

「ええ。冒険者ギルドで登録をします」

「冒険者ギルド？　……そんなものまでできたのか。なんかゲームみたいだな」

「前回、召喚されたときにも、ありましたよ？　――マスターは加入していなかっただけで」

「え？　そうなの？」

なにしろ勇者業で忙しかったからなー。

世界の常識について、知らないことが多かったかもしれない。

勇者にとって、〝街〟っていうのは、素通りするだけの場所でしかないのだ。

「なあ……、やっぱ、一日くらい、ゆっくりしてちゃだめか？　な？　な？　今日だけ。今日だけ。今日だけ。……なっ？」

「だめです」

彼女はきっぱりとそう言った。

隷従の紋を使って、服従させて、ヒイヒイ言わせたろうか、この女——とか、思ったが。自重《じしゅく》しておく。

自重はしないと決めているが、自粛はする。

俺と彼女との絆《きずな》は、そういうものではないのだ。

そういえば、モーリンは、こういう女だった。

物心ついたばかり、ようやく二本の足で「たっち」したばかり——という、赤ん坊に毛が生えた程度の肉体で転生した俺を、その日から容赦《ようしゃ》なく鍛え上げたのが、この女だったっけ……。

どんな鬼女だっつーの。

人智を超えた〝勇者の肉体〟を得るためには、人智を超えた〝訓練《しごき》〟が必要とのことで——。

そのくらいの年齢からはじめる必要があるそうだ。〝魔王〟を倒すためには。

「マスターがお望みなのは、安逸《あんいつ》な生活であるようですので……。必要なのは、この世界における身分の確保ですね」

「いまの俺の身分って？」

平民とか、そんなんになるのかな？

前は、生まれたときから死ぬときまで、ずっと〝勇者〟だったわけだけど。

「なにかの組織に属していないと、人権、ないですよ？　——ここは異世界ですので」

「うえっ……」

俺は呻《うめ》いた。異世界。パネえ。

平民でさえなかった。人間とみなされてなかった。

#003. 冒険者ギルドで登録

「こ、こんなステータス見たことないです……!?」

モーリンとともに大通りを歩いて、まず最初に訪れたのは――。

冒険者ギルドだった。

「へー。大きなもんなんだな」

大通りに面したところにある、かなり、大きな建物だった。

石と木で出来た建物が多いこの世界で、なんと、三階建て。外から見た限りでも、内側にいくつかの施設があるのだろうとわかる。

一階の窓辺からちょっと覗《のぞ》けたところでは、飲み食いできる場所もあるようだ。

「ビルだな」

「マスターの時代から、五〇年経っていますから」

「おま。いくつなんだよ?」

「ふふっ。女性の歳《とし》を聞くことも考えることも、マナー違反ですよ」

俺たちは、ギルドの正面入口から入っていった。

ずらりと受付カウンターが並ぶ。受付嬢が、何人も、冒険者らしき身なりの連中と話をしている。

俺は空いている窓口のうち、いちばん綺麗《きれい》な娘のところに、直行した。

「ご用件は――？」

美人なのに鼻にかけない、明るい声で、その娘は言う。

「君の名前は？」

「はい？　……エリザですけどー？」

胸のプレートを示しながら、彼女は言う。

すまんが。読めない。

前の勇者時代の記憶は、夢の断片のつぎはぎになっているということもあるのだが……。

たぶん、前のときのその俺も、字が読めない。

義務教育なんて存在しない、この異世界では――字が読めるというのは、かなり学のあることになる。

字が読める、というだけで、食うに困らないぐらいなのだ。

自重しないことに決めていた俺は、一番最初に目に入ったこの子と、とりあえず仲良くなっておこうと思ったのだが……。

「この人のギルド登録を頼みたいのですが」

「いて。いてて……。痛い。痛いよ。モーリンさん？」

俺のかわりに、モーリンが言う。俺は尻のあたりを、彼女の手で、ぎゅーっと、つねられていた。

べつに口説《くど》こうと思ったわけじゃないんだが。

念願叶って、異世界に戻ることができた俺は、誰にでもハグをして、愛しているよー！　と、告げたい気分であるというだけで――。

痛い。痛いって。マジ痛い。

そんな俺たちを見て、女の子――エリザは、くすくすと笑っていた。

「それでは、こちらの書類にご記入を。――あと、身元を保証するものは、なにかお持ちですか？　なければ準ギルド員からとなりますが」

「身元のほうはわたくしが保証します」

モーリンが言う。

エリザは困ったような顔になって――。

「あ。ええと……、そゆことじゃなくて、ですねー？　ほかのギルドの書類ですとか。あと王国関係の推薦状《すいせんじょう》だとか。そういうもののことなんですけど……」

困ったような笑顔を浮かべるエリザは、モーリンの顔を、じーっと見て……。

そして、はっ、と、顔色を変えた。

「え!?　モーリン様？　え？　モーリンって……、そういえばさっき呼んでいて……。え？　え？　え？　ええっ？」

エリザは目をぱちくり。何度もまばたきを繰り返す。

モーリンは、人差し指を一本立てて、口許《くちもと》へと持っていった。

しーっ、と、やる。

「いまは公人ではなく私人として来ています。この方の身元は、わたくしが保証します。——足りますね？」

モーリンはエリザにそう言った。きっと冒険者ギルドの名士かなにかなのだろう。

「も、も、も——もちろんです！　し、し、し、失礼しました！　そ、そ、そ、そのような格好をしていらっしゃったので——！　てっきり、この方の従者の方だと——！」

「従者ですよ」

「え？　ええーっ!?　で、伝説のモーリン様が従者って……？　え、ええーっ？」

エリザの声はまた大きくなってゆく。

そしてまた、しーっ、と、やられる。

モーリンは名士程度じゃなくて、伝説級の存在らしかった。

「あ、あのあのえっと——、えっと、その——」

エリザは半ベソで思考もまとまらない様子。

がんばれエリザ。

普段はきっとデキる娘なんだろうけど、メイド長に叱《しか》られる新米メイドみたいに、ぐずぐずになってしまっている。

「み、身分証明は、充分ですっ。ぜんぜん足りてますっ。――じ、じゃあ、つ、次はっ、べ、別室でっ、能力検査をしていただくのですけどっ――！　ああぁ！　もちろん！　モーリン様の紹介なら、それもパスです！　ももも、問題ありません！」

エリザは、テンパっちゃっている。

「いや。そこは測ろう」

この世界には、Lv《レベル》とステータスとが存在している。

勇者人生を過ごしていたときには、あたりまえで普通のことだった。疑問を覚えたことはなかった。

だが異世界でブラックバイトとブラック企業にすり潰される現代人をやっていたときには、なんか変じゃねーか？　どーゆー仕組みになってんだ？　――なんて思ったりもしたものだが。

あるんだから、まあ、しかたがない。

「で、ではっ――こちらの別室でっ！」

◇

別室に通された。

魔法の道具がいくつか置かれた部屋だ。

「これに手を触れてください」

水晶球みたいなものが塡《は》めこまれた器具を示して、エリザが言う。

俺は手をかざした。

昔は、こんなもんなかったような気もする。例によって定かではないが――。

異世界も五十年も経ってると、便利になってるもんだな。

鑑定魔法もなしに鑑定することができるとは……。

機械に魔法動力が入る。機械の各部のリングだのなんだのが連動して、空中に数字が現れる。

「Ｌｖ……は、１、ですね。……え？　１？　モーリン様のご紹介で……？」

嘘？　――とかいう顔を、俺に向けてくる。

俺はモーリンと顔を見合わせてから、エリザには、うなずいて返した。

転生したばかりなんだから。そりゃ。Ｌｖは１だろうさ。

「ええと、それで、職業《クラス》は――えっ？　ゆ、〝勇者〟……？」

あー。やっぱり、そうなるよなー。

俺は、モーリンと顔を見合わせた。

「エリザ――。ちょっとこちらを向いてくれますか？」

「は、はい。モーリン様」

モーリンが言う。エリザが顔を向ける。

視線が重なった途端――。モーリンの目が妖《あや》しく輝く。エリザの瞳にその輝きが移ってゆくと――。

「あー、はい、職業はぁ――、勇者的なー、なにかー、ですねー。ああはい。ありますあります。よくある感じですねー」

「なにをしたんだ？」

「ちょっと認識に干渉しただけですよ。そんな非道《ひど》いことはしていませんのでご心配なく。〝勇者〟がべつに珍しくもない職業に思えているだけです」

「そうか」

それならいい。洗脳とかでもしたのかと思った。

「ええと、そうしまして……、ステータスは……、えっ？」

認識を改変されて、職業には驚かなくなったエリザが、また声をあげて、固まってしまった。

「こんどはなんなんだ？」

「いえ……、あの……?」

と、彼女はおそるおそる、俺の顔を見やる。

「これ……、高すぎ……、じゃ、ないですか?」

「いや。普通だろう」

俺は言った。どのくらいの数値が出ているのか知らないが。〝勇者〟という職業としては、いたって普通のはずだ。

Lv1でも強いのが勇者だ。

たとえLv1であろうと、スライムごときにやられているようでは、勇者は務まらない。

「こ、こんなステータス……、みたことないです……」

彼女は言う。

ギルドの受付嬢を何年か——あるいは長命種族のハーフだとしても十数年か、やってきた彼女の人生のなかにおいては、という意味でなら同意する。

だが世の中には、まだまだすごいステータスの持ち主がいる。

たとえばそこの——。

と、俺は後ろを振り向いた。

いつもの変わらぬクール極まりない無表情で、モーリンが俺を見る。「なにか?」という顔をする。

あのモーリンのステータスなんか、計測してみろ。

ここの機械だと、たぶん、爆発する。

俺なんか、まだ――計測できるだけ、まともというものだ。まあＬｖ１だしな。

「ス、ステータス的には……、も、もんだい……、ないりぇふ……」

エリザは、ようようのことで、そう言った。

噛《か》んでる。

でも気づいてない。

「低すぎる場合には……、ギルドの加盟をお断りすることもあるのですが……、高すぎる場合の規定は……、えっと……、ないはず……ですので」

だろうな。

◇

適性資格的なものは、パスしたみたいなので――。

俺たちは、また受付に戻った。

あとは簡単な書類に、必要事項を記入するだけだった。

……のだが。

「書けん」

書類を前にして、俺は固まっていた。

そりゃ。字が読めないのだから、書けるはずもないわな。

「代筆してもらっても、かまわないのか？」

「ええ。もちろんかまいません」

「そうか」

顎《あご》でうながして、モーリンに書かせる。

「うふふ……。お母さんみたいですねー」

エリザがそんなことを言った瞬間――。

ばりっ、と、音がした。

見れば書類が破れてしまっている。モーリンの持つペンの先が、カウンターテーブルに穴を穿《うが》っている。

「すいません。もう一枚、頂けますか」

モーリンが言う。

「ごごご――ごめんなさいごめんなさい！　ごめんなさいっ！　た、たいへんよくお、お似合いだと思いますぅ！　こ、恋人みたいですねっ！　――ですよねっ！」

必死なエリザに、必死な形相《ぎょうそう》で聞かれ、俺は思わずうなずいていた。

――いや。うなずかされていた。

モーリンはそこから機嫌がよくなって――残りの書類を書き上げた。

最後に、二つ、残った欄《らん》があって――。

そこを俺に訊ねてくる。

「お名前は、どうしますか？」

「ああ。そうだな……」

モーリンが言うのは、どちらの名前を使うかという意味だ。

俺には二つの名前がある。

一つ前の前世における現代人としての俺。

二つ前の前世における勇者だった俺。

一つ前の名前を使うのは論外だし。

かといって、勇者時代の名前を使うのもアレだろう。職業が勇者で名前が元のままというのは――。

俺は小声で、モーリンに聞いてみた。

（あの名前は、ここではいま有名なのか？）

（みんな一度はあの名前を名乗りますよ）

（どういう意味だ？）

（子供だ。ごっこ遊びのときに）

（ああ）

俺は理解した。

子供が「勇者ごっこ」をするときに、「ぼく勇者〇〇ーっ！」と名乗りをあげるという意味だ。

やっべぇ。そんなに有名だったか。

（まあ……。魔王を倒して世界を救いましたし。そして死んできましたし）

（強かったんだよ。魔王。なんとか相打ちに持ちこんだんだ。むしろ褒《ほ》めろ）

（民衆にとっては最良の結果でしたよ）

（勇者が死ぬのが？）

（ええ。生き長らえて、権力を握って圧政を敷いたり、老いさらばえて醜態《しゅうたい》さらしたりする元勇者も多いですから。栄光が美化されるという点では、最高の結末ですね）

（………）

そうなのか。

勇者業……。つらいねー……。

魔王を倒してこい。そして死んでこい。ってか。

まあ。俺はもう勇者じゃないから。関係ないのだが。

「あの……、お名前のところで止まってますけど？　……なにかお困りのことが？」

エリザが怪訝《けげん》そうな声で聞く。

そりゃそうだ。

自分の名前で悩むやつは、そう多くはないだろう。

だが俺にとっては難問だった。

「お名前は、どうします？」

モーリンが聞く。

「ちょっと待て。いまそれっぽいのを考えてる」

「はい？　……考える？」

エリザが首を傾《かし》げている。モーリンは、くすくすと笑っている。

モーリンのレア笑顔げーっと。……じゃなくて、考えろ、考えろ、考えろ、俺。

「……オリオン」

考えて、出てきたのは——俺がＲＰＧをやるときに、決まって主人公に付けていた名前。

しょうがないだろ。んな。数秒で思いつくかっつーの。

「では、名前は、オリオンで……」

モーリンが羽ペンでさらさらと書きこむ。

あーあ。もう決まっちゃった。……いまさら変えられないよね？

ま。いっか。

「……あと、年齢は、いかがします？」

「年齢？」

「あのう……、なにかお困りですか？」

エリザが、怪訝そうに、俺とモーリンの顔を見比べている。

そりゃそうだ。自分の年齢で悩むやつは、そう多くはないだろう。

だが俺にとっては難問だ。

二つ前の人生の年齢と、一つ前の人生の年齢とを、足し合わせるべきだろうか？

いやいやいや。ありえない。足し算したら、オッサン通り越して、おじいちゃん一歩手前の歳《とし》になってしまう。

モーリンの耳に口を近づけて、小声で——聞く。

（俺って、いま、何歳くらいなんだ？）

この世界に転生して、まだ鏡を見ていない。自分の顔も歳がいくつかもわかっていない。

（その肉体の年齢ですか？　一七歳くらいだと思われますけど）

（そうか）

（精力旺盛《おうせい》でヤリたい盛りですね）

（それは余計だ）

（昨夜のマスターはまるでケダモノでした）

（それはいいが）

エリザに向く。

「一七歳だっ」

俺はそう言った。ちょっとドヤ顔になっていたかもしれない。

「えっ？　年下？　——やだちょっと意外」

エリザは妙なコメントを口走っていた——が、あわてて顔を赤らめる。

「それでは。こちらが冒険者カードになります。なくさないでくださいね。偽造はできませんし本人以外使えませんので悪用される心配はありませんが、再発行されるまで、ギルドによる特典や便宜《べんぎ》や保護が受けられなくなります」

「つまり人権がないという意味です」

モーリンが補足する。

うっわ。異世界。こええ。

さて……。

これで俺たちの用は済んだわけだ。

ギルド証——冒険者カードは手に入れた。

これで「身分」とやらが保証される。

「各種施設や、ギルドの特典のガイダンスをいたしましょうか？」

「ああ。まあそのうちにな」

「では、すぐにクエストをご紹介しましょうか？」

「いや。まあ今日はいいや」

「……？」

エリザがあれこれ言ってくる。ホールの出口に向かう俺たちを、しきりに、引き留めようとしている。

綺麗《きれい》な女の子が、魅力全開、笑顔全開、華も全開で、好意を隠さず、すがってくるのは、正直、悪くない気分なのだが――。

俺の用は済んでしまった。

しかし向こうには用があるのだろう。

俺はギルド的には有望な新人となるのだろう。「勇者」のところはゴマかしているが、ステータス的には、麒麟児《きりんじ》というやつだ。

「まあ。おいおい頼むよ。しばらくはこの街にいるつもりだし」

「ええー、でもっ……」

ついに、手を握られてしまう。

どうしたらこの手を離してもらえるだろうか。

「何度も来るよ。説明してもらいに。――そうすりゃ。君に何度も逢《あ》える」

「はい！　待ってます！」

ようやく離してもらえた。すこしキザな台詞《せりふ》が必要だった。

ギルドホールの入口で、手を振って見送られた。

エリザは恋する乙女《おとめ》みたいな顔で、ずっと手を振り続けていた。

#004. モーリンという女　「世界の精霊を所有するという意味」

「なんだよ？」

しばらく歩いて、顔を紅潮させたエリザの姿が見えなくなってから――俺は、モーリンに、そう聞いた。

「いえ。なにも」

「嫉妬《しっと》でもしたか？」

「すいませんが。その質問には答えかねます」

「だよなー」

俺はそう言った。

モーリンという女は、不思議な女なのだ。

彼女に育てられた俺が言うのも、なんなのだが——およそ人間離れしている。

嫉妬だの、そういう人間的な感情に対して無縁なのだ。

そればかりでない。所有欲。虚栄心。およそあらゆる人間的な「欲」というものが、まったくないのだ。

彼女にあるのは、世界に対する義務感だけ。

世界を守護し、安定を保つ。そのために完全かつ完璧《かんぺき》に、合理的な行動を選択する。そうした存在だ。

はじめは機械かと思った。

俺との二十年間の付き合いを通して、彼女はすこしずつ変わっていった。

いまでは〝恋人〟の関係をねだってくるほどに。

「笑顔」がレアなのは、そういう理由だ。「嫉妬」なんて見かけたこともない。いちど見てみたい気もする。

そんな彼女が、唯一持っている情念が——「誰かに所有されたい」という願望だった。

俺は彼女のことを、世界の〝精霊〟なんじゃないかと考えてみたことがある。世界が自分自身を守るために生み出した、人型の存在。肉体は備えて人の形をしているが、人間を超越した、なにか心霊的な存在。

仮に、もし、そうなのだとしたら——。

彼女を〝所有する〟ということは、世界を所有するに、等しいのではなかろうか……？

実際、隷従の紋を彼女の首筋に刻むのは、どえらく苦労した。

必要があって精霊王を支配したことも、あったのだが――モーリンに紋を刻んだときと比べて、あっけなさすぎて、拍子抜けしたほどだった。

「どうしました？」

「いや。これから、どうしようかと思ってな……」

モーリンが聡《さと》く察して、俺に問いかける。

俺は彼女と共に歩きながら、そう言った。

「本日の予定は終わりましたので、マスターのご自由にして構いませんが」

「このままずっとおまえと並んで歩くのもいいな」

「この道をまっすぐに行きますと、メレルトの街に着きますね」

おお。覚えのある地名が出た。

滅びた街だったが――。俺が魔戦将軍率《ひき》いる魔王第三軍を倒して、人間側に取り戻したんだっけ。

五〇年前には、復興がはじまった。――と聞かされただけだが。

「いまは栄えていますよ。この地方でもっとも繁栄《はんえい》した商業都市になっています」

「へー」

「この道。まっすぐ行くと、どのくらいで着くんだっけ？」

俺の頭にあるのは印象の強い記憶の断片ばかりなので――。地理とか、そのあたりの、どうでもいい情報は、すっかりと欠け落ちている。

あれって隣町だったっけ？　勇者の旅路の最終近かった気が？

「距離ですか？　徒歩なら四二日ほどですね」

「おいおいおい」

俺は笑った。散歩には、ちょっとばかり遠かった。

「小屋に戻りますか？　それともどこかで昼食でもとってゆきますか？」

「うーん」

モーリンの手料理を食べたい気もする。だがそうすると、きっとまた、彼女は給仕に徹してしまうのだろう。

店で食べれば、二人で食事ができるだろうか。

結局、店で食うことにした。

冒険者風の荒くれ者たちの集《つど》う店に、平然と入って、平然と食事した。

常連客のうち、何人かは、剣呑《けんのん》な目線を送ってきていたが――。俺もモーリンも、一切気にせず、酒と食事を楽しんだ。

見たことのない料理だったが――。（勇者の食いもんは常に携行食で干し肉と乾パンのロー

「マスターが女の子をたくさん囲うための、大きな家が必要ですね」

テーションだ）

どれもおいしかった。やはりこの世界は食い物がうまい。うまい。うまい。うまい。

#005. 家を持とう

食事が終わって、モーリンの住む小屋に帰ろうとしたところで——。

「そういえば。あの小屋なんだが」

俺は思っていたことを、切り出した。

「はい」

「あそこに住んでいるのか？」

「ええ。……なにか問題が？」

「いや。特にはないが」

干し草の上に、シーツを敷いただけのベッド。若干《じゃっかん》の簡素な家具。

はじめは馬小屋かと思った。

「元は馬小屋だったものを借りています」

やっぱりー。

「そういや、なんかのゲームで、馬小屋、〇G《ゴールド》っていうのが、あったっけなー」

「マスターの言うことには、たまにわからない概念《がいねん》がまじりますね。――問い合わせますか？」

「いや。しなくていい」

問い合わせるって、どこにだ？　そういや前にもAmazonプライム会員の件で異世界ジョークに突っこみ入れてきてたな。あっちの世界にツテでもあって、誰かと念話でもできるのだろーか？

「冒険者の方々は馬小屋暮らしが多いですね」

「しかしおまえは有名な冒険者かなにかだろう。ロイヤルスイートルーム五〇〇Gでも、ぜんぜん、問題ないだろう」

「ロイヤル……ですか？　それも問い合わせます？」

「いや。しなくていい」

だからどこに問い合わせるんだっつーの。

「わたくしだけであれば、馬小屋でまったく問題ないのですが……。たしかにマスターをお迎えするにあたって、少々、失礼があったかもしれません。その、～……感があって、よいかと思ったのですが」

「なに感だって？」

一部、ぼそぼそと小声だったので、聞き取れなかった。

「〜〜……感、でございます」

聞こえん。

「〜〜……感、です」

聞こえんわ。

「〜〜……感、で」

だから聞こえんっつーの。

「愛の巣感！　で、ございます！！」

うわあ。聞こえた。ばっちり聞こえた。すげえ大きく聞こえた。

鼓膜《こまく》がかゆくなるくらい、よく聞こえた。

「でも。たしかに。すこし。手狭《てぜま》でございますね」

「いや。いいんじゃないか？　ああ。うん。いいと思うよ。愛の巣。悪くない。悪くないヨー。いいヨ。いいヨー」

俺としては、精一杯、上げて、持ち上げようとしたのだが――。

「いえ。やはり手狭でございました」

モーリンは意固地《いこじ》になってしまった。こうなると誰にもどうにもできない。

勇者でもマスターでも、どうにもならない。

「二人で手狭となるような住居では、マスターの〝器《うつわ》〟に対して、いささか手狭でございます」

「器?」

「今後、マスターがなにをされるにしても、まず、仲間が必要となりましょう」

「仲間?」

「わたくしと二人だけでは、ろくに戦えませんよ?」

「いや賢者最強じゃん。おまえ魔法系のくせに、ガチ物理のそこらの将軍よか、固いじゃん。殴《なぐ》れるじゃん」

「いえ。勇者といえどもＬｖ１では、ろくに戦えませんよ。いまのままラストダンジョンに行ったら一戦も持たず、平均余命は一分を切ると思いますけど」

「そりゃ、そんなとこ行けばそうだろうが」

あー。行ったなー。ラストダンジョン。

通ったなー。ラストダンジョン。

魔王とやりあうまえの準備で、レベル上げ、やったなー。

二度と行きたくねえが。

「しばらくは、のんびりと過ごす予定だ。仲間を集めるつもりは。いまのところ、ないな」

「そうですか」

魔王はもういない。

街を歩いたり、酒場で飲み食いして、人々の話にざっと聞き耳を立てていたりしたが、話題は平和そのものだった。

酒場では乱闘騒ぎが起きていたが、理由は取るに足らないもので——こちらの世界のスポーツかなにかのチームが、勝ったの負けたの、そんな程度の話題。

五〇年前は、魔王軍がどこまで攻めてきたとか。どこの街が滅んだとか。そんな話題が常だったわけだが……。

そうした話題は、ぜんぜん、聞こえてこなかった。

冒険者ギルドでも、クエストの内容は、隊商の護衛だとか、悪さをしているゴブリン退治だとか、素材系の依頼だとか、オークにさらわれている女騎士の救助だとか。

そんな程度ばかりのようで……。まあ、平和そのものといえた。

ソロ勇者Ｌｖ１でも充分すぎる内容だ。人類未到達Ｌｖに立つ賢者が、「お守り」でついているなら、なおさらだ。

「仲間を作るご予定がなくても、屋敷と呼べる程度の住居は、きっと必要となりますね」

「なぜだ？」

「マスターはきっと、兼ねてからの夢を実現させるはずですから」

「どんな？」

俺は、心ここにあらず、といった感じで、モーリンに聞いた。

ちょうど道ばたで花を売っている女の子の——いい形をした、お尻に目をやっていたからだ。

胸も豊かなのだが……。どうしても脚と尻に目がいってしまうなぁ。

うん。非常にいい形のお尻だ。まさに理想的だ。

「……もう自重されないようですので。マスターは」

「え？」

俺はモーリンに顔を向けた。

なんだって？　なにを自重しないって？

「女の子をたくさん囲うための、大きな家が必要と思われます」

「え？　なんの話？」

「自覚しておらず、指摘されてもわからないというのであれば、驚嘆《きょうたん》の念を禁じ得ません」

「え？　だからなに？　なんなの？」

俺は本当にわからずに、モーリンに聞きかえした。

べつに怒っているようではないのだが……。（滅多《めった》なことでは彼女は怒らない）

わかってます、というように、モーリンは俺に向かってうなずいた。

「さあ。屋敷を探しにまいりましょう」

腕を取られて、俺は引っぱられていった。

◇

モーリンに連れられていった先は、いわゆる「不動産屋」みたいな商売をやっている場所だった。

長期滞在する旅人を相手に、宿屋の一室を紹介したり。あるいは、定住するための部屋や、一軒家や、俺たちが買おうとしている大きな屋敷や――あと、〝城〟まで取り扱っているようである。

「マスター。城にしておきますか？」

モーリンは、ぱらぱらと、羊皮紙《ようひし》を綴《と》じた〝カタログ〟をめくってゆきながら、なんの気なしにそんなことを言う。

「いや。いくらなんでも、城はいらんだろう」

俺は言った。

「お客様。屋敷をお探しとのことで……。こちらの屋敷などは、いかがでしょう？」

「うん」

小太りの商人が、揉《も》み手をしながら、俺に物件を見せてくる。

どうやら金持ちと思われているらしい。上客と見たのだろう。

まあ、いきなりぶらりと店にきて、「屋敷を買いたいのだが」とか言う人間は、だいたい二通りだろう。

頭がおかしいやつか、本物の金持ちかだ。

俺たちは、どっちに分類されるんだろうな——とか、頭の片隅で、そんな、どうでもいいことを考えながら、俺は物件をいくつも見ていった。

「おお。これなんか。いいんじゃないのか」

「お客様。それに目を留めるとは、お目が高い」

二階建てで、広さも手頃。部屋数も豊富。

さっきモーリンが、〝女の子を囲う〟だとか、なんか魅力的な響きの言葉を口にしていたが——。そういうことになっても問題ない広さ。

庭——というには、ちょっと大きすぎる自然がある、林付きの豪邸。

庭園には井戸がある。これはプラスだ。

俺が目を留めたところは、「井戸付き」の物件だった。

水汲《みずく》みが楽そうだ。

この異世界には、電気、ガス、水道などは、もちろんない。

電気のかわりは、油を燃やすランプだ。金持ちなら魔法の灯りとなる。

ガスのかわりは薪《まき》。これも金持ちなら魔法動力の熱源を使うかもしれない。

だが水だけは、蛇口《じゃぐち》をひねれば出てくるわけはなくて——川なり井戸なりから、汲んでこなければならない。

まあモーリンくらいの大賢者ともなれば、水の精霊王でも喚《よ》びだして、空中に、無尽蔵《むじんぞう》に水を生じさせることもできるのだろうが——。

たかが「風呂」をいれるために喚びだされたのでは、精霊王が泣いてしまう。

そのうち「水道」の概念《がいねん》でも、広めようか？

なんだっけ？　こういうの？　内政チートとか、いうんだったっけ？

現代人的な知識は多量に持っているから、概念だけでも、だいぶこの世界の役に立つはずだ。

実際にどう水を引く道を作りあげるのかは、この世界の石工や建築家、専門家の人間に任せればいい。

まあ。そのうちでいいか。なにも急ぐことはない。

「ここに決めた」

そこの屋敷は、他よりも良い物件なのに、なぜか他の半額程度というところも気に入った。

俺は、ふっと、一人で笑った。

つい。現代人的意識が出てきてしまう。

安いものを探すことと、節約することとが、「いいこと」だという——。そんな「小市民的」な思考法だ。

あちらの世界の習慣と思考が、べっとりと染みついてしまっている。

べつに金に困っているわけではないのだ。

ここは、ぽんと買ってしまえば――。

「ああ。そうですマスター。ひとつ言い忘れておりましたが……」

「ん？」

モーリンが言う。俺は「支払ってくれ」と言おうと思って、ちょうどモーリンを呼ぼうとしていたところだった。

「お金。ありません」

「ん？」

「ですから。お金。ありません」

「うん？」

「もう。マスター。意味がわかりますか？　それともこれは遊びの一種ですか？」

「うん？　うん？　うん？　……すまん。もういっぺん。言ってくれないか？」

俺はモーリンに言った。

どうも意味が頭に入ってこない。

「ですから。お金。ありません。マスターはわたくしのお金をアテにされていたようですけど。最近、馬小屋暮らしでしたので、多額の現金は必要なく。持ち合わせはこの程度ですね」

金貨の袋が、どさっと、テーブルの上に置かれる。

けっこうな額ではあるが、屋敷を買うには、ぜんぜん足りない。まったく足りない。

どのくらい足りないのかというと……。

まず、買おうとしている屋敷の値段は、一〇〇万Gほど。

カタログにあるほかの屋敷は、どれも二〇〇万Gを越えているので半額以下なわけだが……。

それに対して――。

モーリンがテーブルに置いた革袋は、中身全部がゴールド貨幣《かへい》だとすると、ざっと見たところ、二〇〇〇Gくらいあるようだ。

これはどのくらいの金額かといえば……。鍛えた鋼《はがね》の装備が、どれかひとつ買える程度だった。

まえに勇者をやっていたとき――。騎士見習いの憧れの「鋼の装備」は、給料一ヶ月分、なんていう話を聞いたことがある。

昔と物価が変わっていなければ、現代日本の〝円〟に換算して、二〇〇〇Gは、二〇万円くらいとなるわけだ。

ってことは、一Gの価値は、だいたい一〇〇円くらいってことになるのか。

そういえば、さっきの店でも、二人で食事をして、払ったゴールドは十枚もなかった。

その換算レートで、屋敷の値段を計算すると――。

「モーリン。ひゃくかける、ひゃくまんは？」

「一億です」

つまり屋敷の価格に一億円ということだ。

おや？　意外と安くね？　現代日本でこんな豪邸買ったら、一億じゃ済まなくね？

「あの～、お客様ぁ～……」

ああ。ほら。

商人の目が、これまでと変わってしまっていた。

これまでは、「うおお上客きたぜい！」的な感じで、キラキラ――いや、ギラギラって感じだった。

それが、なにか汚いものでも見るような目付きに変わっていて……。

ああ。まあ。

そうだなー。

金がないのに豪邸を買うつもりでいるとかー。

俺たちー。頭おかしい客のほうだったわー。

一億円の家を買いに来た人間が、二〇万しか持ってねえ、とか言ってるのと同じだ。

ちなみにこの世界には〝ローン〟なんてものはない。いつもニコニコ現金払いが、異世界の常識である。

「提案なんだが……。そこの金を手付金として、物件を待ってもらうっていうのは、どうかな？」

俺は商人さんに同情した。そう提案してみる。

「ええ。待つのは構わないんですけどね？　……でも、いつまでの話で？」

すっかり疑う目付きになって、商人は言う。

まあ仕方ない。つまり俺は「これから一億円稼《かせ》いでくるから待っててくれ」と言っているわけだ。どう考えたって、頭がおかしい。

その頭のおかしい俺は、店主に対して、こう言った。

「明日まで」

「あ――あしたあぁ!?」

「あ。いや……」

俺は窓の外を見た。まだ明るいし、日も高い。

正午は回っていないだろう。

「モーリン。このあたりに手頃なダンジョンはあるか？」

「前の旅路のときに、最初に挑んだ洞窟《どうくつ》は覚えていらっしゃいますか？」

「ああ。あれか。覚えてる」

「近くにございます。往復一時間といったところでしょうか」

「そうか」

俺は商人に顔を戻した。

「じゃあ。今夜までで」

「こ、今夜あぁ!?」

商人はまた奇声をあげる。

いちいちうるさい。

「約束の時間をもし過ぎたら、その金は貰《もら》ってくれてかまわない」

「え？　え？　……本当に？　よいのですか？」

「そのかわり。今夜は、ちょっと遅くまで店を開けていてもらうことになるかもしれないが」

「え……、ええ……、まあ……、そ、そのくらいは……、か、かまいませんが……」

商人は、懐《ふところ》から出した手ぬぐいで、しきりに汗を拭いている。

だらだらと、油が絞《しぼ》れそうなほどに汗をかいている。

◇

俺は家を買うことにした。

家を買うための金を稼ぐ必要があって、ダンジョンに行くことにした。

五階層目までは金にならんので、さくっと飛ばして、六階層目あたりから開始することにした。ダンジョンを練《ね》り歩き、出会ったモンスターをことごとく倒し、全一〇階層まで降りて行った。

スタート時点では、素手だったが――。

倒してドロップする武器防具を、拾うたびに、交換していって――。

武器防具もだいたい揃《そろ》った。

そのあいだに、Lvがたくさん上がっていたが――。

今回の目的はゴールドにあるので、そこは、どうでもいい部分だった。前回みたいに、魔王を倒す旅路なわけでもなし。

Lvなんて、どうでもいい。

商人への約束は、二十四時だったが――。

だいぶ早く、日が暮れた直後くらいには、戻ることができた。

一〇〇万ゴールドを揃えた俺に、商人はびっくりした顔をしていた。

俺自身も、夜中になるだろうと思っていたから、すこしは驚いていたが――すくなくとも、その一〇〇万倍くらい、商人のほうは驚いていた。

俺たちは、家を買った。

権利書を一枚と、屋敷の鍵束《かぎたば》を受け取り――。

「ど、どうぞおぉぉ――、ごひいきにぃ～～ィ！」

引き攣《つ》った声に送られて、俺たちは、商人の店を出た。

はーい！　みてます！　みてます―！　みまもってまーす！　一級管理神、エルマリアの見守りアフターサポートでーす

未読

……って、聞こえてませんね。（既読）付いていませんねー

未読

オリオン（仮名）さん、こんどの人生はいいスタートですねー。まずは、おうちを買いましたねー。基本ですねー。基本っ♪おうちがないと、落ち着かないですしねー♪

未読

森……モーリンさんも、オリオンさんのこと、優しく迎えてくれて、よかったですねー。待ってくれていましたねー。前世のときには、お二人、気持ちを確かめあうヒマもなくて、連戦連戦また連戦、それでようやく魔王を倒したら、戦死、でしたからねー

未読

今回の人生では、た～っぷり、らぶらぶ♡になってくださぁーい

未読

第二章

奴隷娘を調教する

jicho shinai motoyusya no tsuyokute tanoshii......New game

#006. 奴隷が売ってた 「お客様お目が高い。この娘は、さる王家の血を引く者でして」

モーリンと二人で、夜の街を歩いた。

屋敷の場所は権利書に書いてある。鍵束は手の中にある。

今日はいっぱい戦った。いっぱい稼《かせ》いだ。

そして俺たちは新しい住居を手に入れた。

「しかし。血まみれだな」

俺は言った。

自分の体を見る。

黒い鎧《よろい》と、そこそこの切れ味の魔法剣――。ドロップ装備だけでコーディネートしたものだから、だいぶ禍々《まがまが》しい感じになってしまった。まるで〝一仕事〟終えたあとの山賊《さんぞく》みたいな格好だった。

なによりも、それっぽいのが――返り血で、べっとりと汚れているところだった。

返り血は、装備や服だけでなく、髪にもついて、固まってしまっている。

「そうですか？　わたくしは、それほど……」

ちなみに戦闘のあいだ、モーリンは、だいたいにおいて、後ろで見ていただけ。

戦闘後に、ちんまく減ったHPを回復するために、回復魔法を唱えてくれる程度。

俺も勇者なので、当然自前で回復魔法は使えるのだが。すぐ後ろにMP無限タンクがいるのだから、それに頼ってばかりいた。

俺がキズを治させてやると、モーリンは、無表情なままではあるが、そこはかとなく、幸せそうな顔をする。

モーリン歴二〇年の俺が言うのだから、間違いない。

「街には公衆浴場がありますが」

「おお。風呂があるのか」

それはいい。前世の記憶に風呂は出てこなかった。俺はすべての記憶を持っているわけではなく、重要ではない記憶は忘れているものも多い。日常のことはわからないことも出てくる。

ちなみに、金ならある。

一〇〇万Gを少々越える額を、きっちり稼いで帰ってきて、目の前に突きつけてやったら、あの商人。向こうから自主的に「値切って」きた。

はじめからボッていたのか、それとも、今後もひいきにして欲しい「上客」と判定したのか、それは俺の考えることではなく――。

ひょんなことで出てきた「お釣り」を、ありがたく、もらって帰ってきていた。

よって、いま、懐《ふところ》には二〇万Gと少々があった。

ええと……、日本円にすると……。いくらだ？

二〇〇〇万円くらいか。まあ金額とかは、この際、どうでもいいか。

当面、困らないだけの、けっこうな大金がある。それで充分だ。

「普通の浴場と、特殊な浴場とがありますが。どちらになさいますか？」

「それはどう違うんだ？」

「普通の浴場は、男女別の大きな湯船があります」

「ふむ。銭湯だな」

「特殊な浴場は、美しい女性がサービスをしてくれます」

「おおう」

俺は感心した。だがそういうのではなく――。

「おまえと一緒に入れて、おまえがサービスしてくれる風呂はないのか？」

「貸し切ります」

「そうしろ」

モーリンの腰を抱いて、歩きはじめた俺だったが――。

ふと、脚を止めた。

「……マスター。どうされました？」

「ん。いや。なんでもない」

通りのすこし離れたところから、俺たちを、じっと見つめてくる視線を感じたからだ。

通り自体も夜なので、暗くてよく見えないのだが……。なにか、薄暗いところで、じっとうずくまっているように思えた。

「どうされました？」

「いや……」

俺はモーリンを連れて、歩きはじめた。

◇

風呂をひとつ、貸し切りにして、モーリンと入浴した。

たっぷりとした湯で、体を長くして寝そべると、今日の疲れが溶けるように抜けていった。

モーリンに体を洗ってもらった。人に洗われるのは、気持ちがよかった。

そしてモーリンの体のほうは、俺が洗ってやった。洗っているうちに、そういう気分になってきたので……。自重せずに、彼女を抱いた。

戦闘をしたせいで昂《たかぶ》っていたのだろうか。昨夜よりも激しく求めてしまった。

食事も風呂の中に取り寄せた。

食いながらした。しながら食った。

◇

そうして、モーリンと二人で、しっぽりと、くつろいだ時間を過ごしてから――。

俺たち二人は、夜の道を歩いていた。

夜はすっかりと更けていて――。通りからも、人の姿が消えている。

「すっかり遅くなってしまったな」

「マスターがケダモノだったせいですね」

いつもは距離を置いて歩くモーリンだが、俺の腕を取り、しなだれかかるように体を預けてきている。

毅然《きぜん》とクールな彼女もいいが、こういうのも、悪くないと思った。

買ったばかりの館を見に行くのもいいのだが……。

もう夜は遅い。

今夜はモーリンのあの小屋で過ごして、明日になってから、館に行ってみるか。

「ああ。そういえば。ここは……。さっきのところか」

見覚えのある場所に来て、俺は、ふと、立ち止まった。

さっき視線を感じた交差点だ。

視線の正体はわからずじまいだったが――。

もうあれから何時間も経っているので、視線の主は、さすがにもういないだろうが――。

いや。……あった。

前回のときと同じ場所から――。

うずくまるくらいの高さから、こっちを、じいっと見つめてくる視線があった。

なんだ？

暗殺者にしては、気配が、だだ洩《も》れなのだが……？

あれじゃ素人《しろうと》以下だ。

「どうしました？」

「いや。暗殺者……なわけはないな」

モーリンに言いかけて、俺は言葉を止めた。

もう勇者じゃないんだっけ。

じゃあ暗殺者につきまとわれることもないのか。

視線の正体を確かめてみるために、俺は、そちらに歩いていった。

路地の入口あたりに、大きな木箱が置かれていて、視線はそこから送られてきている。

その木箱の前に立ち、俺は――。

「なんだ……？　これは？」

人間が、木箱の檻《おり》に入れられていた。

入れられているのは……、たぶん、娘。

たぶん年頃の娘。

ひどく汚れていて、ぼろを着ているので、はっきりしない。

木箱は、人が一人、なんとか座っていられるだけの大きさしかなかった。

立つことも横になることもできないような木箱のなかで、娘は、頭が天井にくっつきそうになりながら、窮屈《きゅうくつ》そうに座っている。

「……」

目と、目が、合う。

暗闇のなかから、こちらを見てくる目は——不思議と澄んでいた。

檻に入れられ、首輪を付けられていても、その目は屈服していない。

この視線だ。

俺が夕方から気になっていたのは、この目だった。

しかし……。

なぜ人が檻のなかに入れられているんだ？

俺は剣を抜いた。

檻は単なる木箱だった。こんなもの、たったの一撃で——。

「マスター。それは犯罪にあたります」

モーリンが言った。

「……俺か？」

俺はモーリンにそう聞いた。

どうやらモーリンは、人を木箱に閉じ込めていることのほうではなく、俺のしようとしていることのほうを、「犯罪」と言っているらしい……？

「はい。他人の財産を侵害するのは、こちらの世界では犯罪にあたります。マスターのいらした異世界では、どうかわかりませんが」

「財産……？　人だろ？」

俺はもう一度、木箱の檻と、その中にいる女の子——たぶん——を、よく見た。

木箱には値札が貼りつけられていた。

なにか但《ただ》し書きか、売り文句みたいな、文面もある。

「やあ。こんな時間にいらっしゃい」

ぱかりと建物の壁の窓が開いた。

「ええ。ええ……。当店は二四時間営業ですとも。——お金を払っていただけるお客さんでしたらね」

いかにも強欲そうな濃い顔の男が、木窓をはねあげて、顔を出していた。

男の後ろのほうには、崩れた感じの女が、一瞬、見えていたが――。その姿も、すぐに視界から消えてゆく。

「奴隷《どれい》をお求めですか。――いいのが揃《そろ》っていますよ？」

どうやら〝商談〟がはじまってしまったらしい。

「しかしお客様。その娘に目をつけられるとは、お目が高い」

商人は説明をする。

「それは掘り出しものでしてね。当店でも、とびっきりの上玉なんですよ」

そこで、商人は、左右をうかがう仕草をした。

声をひそめて、こっそりと、小さな声で――。

「じつは……、ここだけの話……、さる王家の血を引く者でしてね……？　本日お買い上げでしたら、特別に、お安くしておきますが……？」

異世界だから「奴隷」がいるのもおかしくはない。

勇者だった頃の、俺の前世の記憶は、意外と穴だらけだから、そこだけ抜け落ちていたか――あるいは、奴隷を見たことがなかったのかも？

なにしろ勇者は忙しい。

戦って。戦って。戦って。そして死ぬのが勇者の仕事だ。

街や世の中が、どうなっているのか――知らなくても、勇者はやれる。

「どうです？　その娘？　見目は良いでしょう？　……ああまあ。いまはちょっと汚れてますがね。洗って服を着せれば、見栄えがすること請け合いですよ！」

「……ふう」

俺は肩をすくめてため息をついた。

商人のセールストークには、正直、うんざりとしていた。

だが商人は、俺のその、ため息と仕草とを〝感嘆《かんたん》〟と受け取ったのか——建物の外に飛び出してきてしまった。

本格的に売る気になってしまったようだ。

〝肩をすくめて、ため息〟のボディランゲージは、異世界だと違う意味になるのかもしれない。

「……いくらだ？」

唾《つば》を飛ばしてセールス文句を垂れる商人を黙らせるために、俺はそう言った。

いや、奴隷の娘を買おうとしているのは、それが理由ではないか。

もともと、この——檻に捕らえられた娘を、解放しようとしていたわけだ。

檻を壊して解放するのも、金を払って解放するのも、方法は違えど行為としては同じことだ。

「いけません！」

凛《りん》とした声が、響き渡る。

檻のなかの娘だった。

「貴方《あなた》は騙《だま》されています！　私は王家の血筋なんかじゃありません。掘り出し物っていうのも真っ赤な嘘。売れ残って、表に置かれているだけです」

「だまれこの！」

商人が木箱を蹴《け》った。女の子はびくりと身をすくめる。

「せっかく買ってくれるっていうお客さんがいらっしゃるんだ！　余計なことばかり言うその口を、すこしは閉じていろ！」

数度、箱を蹴りつけて――娘が何も言わなくなると、商人は俺に向いた。

「いえ。なに。失礼しました。……ええ。まあ。少々。口も態度もよろしくない娘ですがね……。口さえ閉じていれば、これが、けっこうな美形なんですよ。……ええ。わかりました。わかりました。そこの値札から、ずっと、お値引きさせていただきます」

俺は値札の文字が読めないわけだが……。

商人はそんなことも知らないわけで……。

数字ぐらいは読めるようになっておこう。十種類ほど覚えるだけだ。

「ずばり！　二〇万G！　――どうですお安いでしょう？」

商人が言う。

「いけません！」

娘が言う。

そして木箱が、どすっと蹴られる。

俺は懐から袋を取り出すと、丸ごと、商人の足元へと放った。

どすんと、重たげな音を響かせつつ——袋は地面へと落ちた。

「へぇ！　へへぇぇ！」

男は地面の袋に飛びついた。袋からこぼれたゴールド貨幣《かへい》も、這《は》いつくばって拾い集める。

俺は冷たい目で、貨幣を拾い集める男を見ていた。

あまり気分がよくなかった。

「では。これを」

男から鍵《かぎ》を受け取る。

なんの鍵かと思えば——。

木箱の檻から出てきた娘を見て、わかった。

首輪の鍵だった。

娘は、ぼろきれ一枚を体に引き寄せているだけで、素っ裸に近い格好で立っている。

不審そうな目が、俺をじっと見つめている。

俺は自分のマントを外すと、娘の体をくるんでやった。返り血がついているが、いまの格好よりは、ましだろう。

「あ……、ありがとうございます」

俺は娘の手に鍵を与えた。いま商人から受け取ったばかりの、首輪の鍵だ。

そして娘に何も言わず、先に立って歩きはじめた。モーリンが静かに俺のあとについてくる。

「毎度ありがとうございまーす！」

商人の、ほくほくとした声が、俺の背中にかけられる。

売れ残りの〝在庫〟を〝処分〟することができて――。

あの商人は、さぞ、今夜はよく眠れることだろう。

かわりに俺は一文無し《いちもん》になってしまったが。

◇

二ブロックほど歩いたが、娘は、ぺたぺたと裸足《はだし》を鳴らして俺たちのあとをついてきていた。

もう一ブロックほど歩いたところで、俺は、ついに振り返った。

「なぜついてくる？」

「貴方は私を買いました」

娘に言うと、簡潔な答えが返ってきた。

「鍵はやったろう。好きなところへ行け」

「そういうわけにはいきません」

娘は、きっぱりとそう言った。

どうも強情な娘らしい。

なるほど。売れ残るわけだ。

「俺は奴隷なんて持つつもりはない」

「じゃなんで買ったんですか！　二〇万Gも、ぽんと払って？　ばかじゃないんですか！　そんな大金！　あんな商人に騙されて！　言ってあげたのに！　警告したのに！」

なんか。娘は。いっぱい言ってきた。罵《ののし》ってきた。

これが地《じ》か。

俺は、ちょっと笑った。

さっきの取り澄ました感じは、あまり好きではなかったが、こっちのほうなら、好きになれそうだ。

娘は俺のことを睨《にら》みつけてきている。

夜の闇の中で、目だけが光っている。

そういえば、その目に惹《ひ》かれたんだっけな。

檻のなかに入れられて首輪に繋《つな》がれていても、屈服していない、その目に惹かれたんだっけな。

この目をした獣は、檻のなかにはいてはいけない——と、単に、そう思った。それだけだ。

いや……。獣じゃないが。人間であり、娘だが。

「俺は奴隷を買ったつもりじゃない。解放してやっただけだ」

「頼んでなんていません」

「俺が勝手にやったことだ。あのまま立ち去ってもよかったが。寝覚めが悪くなりそうだったんでな」

「貴方がどんな理由で買ったかなんて、私とは関係ありません」

ああ言えば、こう言う。

なんだか言いあいの感じになってきた。

このまま往来で続行すると、しまいには――。「バカっていったほうがバカ」とか「何時何分何秒に言ったよ」とか、そんなフレーズまで飛び出してきそうだ。

助けを求めるように、モーリンに顔を向けると――。

彼女は口許《くちもと》に手をあてて、くすくすと笑っていた。

その笑顔を見ただけで、二〇万Gくらいの浪費の価値はあったな。

じつは、ちょっとだけ――気になっていた。

勝手に奴隷なんか買っちゃって、怒られはしないかと――。

無用の心配だったようだ。

「とにかく、貴方が私の所有者です」

「だから買いたくなかったと言ってるだろう」

「私だって買われたくなんて、ありませんでした。――でも。買われたんですから。ついてゆきます」

「勝手にしろ」

俺は背中を向けて、憤然《ふんぜん》と歩きはじめた。

ぺたぺたという、裸足の足音がずっとついてくるのを聞きながら、小屋へと向けて歩いた。

#007. 奴隷を持ってしまった 「暖かい毛布とか、柔らかい寝床とか、ひさしぶりです……」

寝た。起きた。

ちゅんちゅん。――という、スズメだかなんだかの鳥の声を聞きながら、俺は目を覚ました。

干し草の上のベッドに、身を起こして、ぼんやりとする。

傍《かたわ》らにモーリンの体はなく、俺一人だ。

昨日の朝と同じ、モーリンは食事の準備に取りかかっていて――。いいにおいが漂ってくる。

――と。それはいいのだが。

俺は小屋の中を見回した。

なにも異状は見つからなくて、つい、ほっとしかけた、その瞬間に――。

小屋の隅の毛布の小山から、ちょろりとはみ出した、鎖の端っこが、見えてしまって――。

げっそりとした顔になる。

夢であったらいいなー、という気分が、すこしはあった。

昨夜の出来事は夢ではなくて、現実だったのだと、諦めるまでに要した時間は――。まあ、多めに申告しても、二秒フラット。

俺はベッドのシーツから抜け出すと、小屋の隅へと歩いていった。

鎖の端を握って――。引っぱる。

「ひゃん！」

案外可愛《かわい》い鳴き声とともに――。

昨夜の奴隷娘が、ずるずると毛布のなかから引っぱりだされてくる。

鎖の先は、娘の首輪に繋がっていた。

「あっ……！　あわわっ！　あわわわっ！」

いきなり叩き起こされたせいか、娘は慌てふためいている。

結局、こいつは、ついてきてしまったのだ。

もう自由だから、どこへなりと行けばいいと、そう言ったのだが――。

「なに、ぐーすか寝てやがるんだ」

俺は言ってやった。

勝手についてくるだけに留まらず、小屋にまで入りこんで、朝まで熟睡とか。どんだけだ。

「あ……、あの、ごめんなさい……。暖かい毛布とか、柔らかい寝床とか、ひさしぶりだったもので……」

「柔らかい？」

石の床の上で寝ていたはずだが――？

見れば、すこしは藁《わら》が敷いてある。毛布も一枚ではなく、何枚か置かれている。

ああ。まあ……。

横になることもできない檻《おり》の中に比べたら――。はるかにマシか。ぜんぜんマシか。熟睡しきるほどマシなわけか。

……まあそうだろうな。

「可哀想《かわいそう》ですよ。マスター。奴隷暮らしで疲れているんですから」

食事を運んできながら、モーリンが言う。

毛布をくれてやったのも、モーリンか。

俺は小屋に帰るなり、ふて寝を決めこんでしまったので、あとのことは知らなかった。

「あっ。あの私……、手伝えること、なにかあるでしょうか？」

娘は立ちあがると、モーリンを手伝いはじめた。

といっても、出来上がった料理を運んで並べるだけだが。

◇

食事は、昨日と違って、三人分、用意されていた。

俺の分。

娘の分。

そしてモーリン自身の分。

昨日と違って、モーリンの分が用意されているのは――。娘への配慮《はいりょ》だろう。

俺と娘の分だけあって、モーリンの分がなかったら、この娘は、きっと食わない。

食えと言ったたって、食いやしない。

きっとそうだ。絶対にそうだ。

言って聞くような相手なら、いま、こんな事態になっていない。

「……すごい。こんなごちそう。……貴族みたい」

単なるスクランブルエッグと、ベーコンと、焼きたてパンと、搾《しぼ》りたてミルクと果物という
メニューに、娘は、目を丸くしていた。

そのお腹が、ぐううぅぅぅー、と、鳴り響く。

娘は恥ずかしがって、恐縮していた。

「食わないのか？」

「え、えっと……」

娘は、俺とモーリンの顔色をうかがっている。

なんで食わないのか、不思議に思った。

だが、考えたら、すぐにわかった。

俺がコーヒーを飲んでいたからだった。

俺が手を付けていないのに、奴隷《どれい》の自分が食べるわけにはいかない。――と、そういうとこだろう。

俺は、ちょっぴり、この娘が好きになった。

愛の巣に飛びこんできたお邪魔虫、くらいに感じていたが。虫から格上げしてやってもいい。

「食っていいぞ」

娘は食べはじめた。

手づかみで食ってる。

俺が、スプーンとフォークを使って食いはじめると、手で握りしめたベーコンを皿に戻して、
ぎこちなく、フォークを握って、俺の真似《まね》をして食ってる。

やべぇ。もうちょっと好きになってきた。

「たしかに……、王家の血筋とやらでは、なかったな」

俺はそう言って、軽く笑った。

「お、王家……ではないですけど。族長の娘ではありました。……手っ、手ぇっ、手づかみなのはぁっ――、うちの部族の、さ、作法《さほう》なんですっ」

胸を反らして、ツンと澄ました顔になる。

なるほど。育ちはいいらしい。

日の光の下で見てみると、娘は、かなりの美貌《びぼう》を持っていることがわかった。

ただ……、言っちゃ悪いが、顔も髪も汚れきっていて……。あと、木箱に長いこと閉じ込められていた生活のせいだろうか……。つまり、ニオイが……。

「……？」

顔を横に傾けて、大きく口を開いて、卵とベーコンをいっぱい載せたパンに、かぶりつこうとしていた娘は――。

俺の表情に、まず気がついて――。それから、すんすんと鼻を鳴らして、自分の発する臭気《しゅうき》に気がついて――。

娘は、すすすーっと、一メートルばかり後ろに、自分から下がっていった。

「その……、ごめんなさい。でも……、これは仕方のないことで……」

かしこまって恐縮している。

さっきまでの強気ぶりとうってかわって、可愛《かわい》らしくなってしまった。

「……これで、だいじょうぶですか？」

距離のことを言っているのだろう。

「だいじょうぶじゃないが。気にするな。それより早く食え。今日は働いてもらう」

「さっきは出ていけって言われてましたけど」

「出ていってくれるなら、出ていってくれてかまわない。自由だって言ったろ。――だが、おまえはなんでか、出ていかないようだからな。だったら、食った飯の分は、働いてもらう」

娘は、しばらく、ぽかんと口を半開きにしていたが――。

俺の言った言葉の意味がわかったのか――。

「はい！」

力強く、うなずいてきた。

「ふふっ……、マスターはお優しいですね」

コーヒーのおかわりを注ぎながら、モーリンが笑っている。

俺はぶすっとしていた。

#008. 屋敷を掃除する

「ちょ……!?　デッキブラシで女の子、洗わないわよ……ねっ？」

「ここが、俺たちの家か」

地図を見ながら歩いてきた俺たちは、屋敷の門の前で立ち止まっていた。

ふむ。

ここが俺たちの家か。悪くないな。

すこし古いが、立派な面構《つらがま》えの邸宅だった。二階建てで、窓が無数に並んでいる。

図面を見た限りでは、大きな広間があり、個室の数も充実している。地下室なんかも、たしかあったはずだ。

大きな厨房《ちゅうぼう》もあり、客を迎えて豪華すぎるほどのパーティを催《もよお》すこともできる。

まあ。やらんが。

きっと貴族か大商人でも住んでいた屋敷なのだろう。

大きな庭まで備えるその屋敷は、個人で所有するには、少々、大きすぎるほどだった。

「大きな……、お城……」

娘が、ぽかんと口を半開きにして、つぶやいている。

俺は、くっくっく――と、つい笑い声を洩《も》らしてしまった。

娘には、〝城〟に見えたらしい。

「いつまで眺めているんだ？　――入るぞ」

ぼんやりとしている娘に声を投げて、俺は屋敷の敷地へと足を踏み入れた。

◇

ぎいい、と、扉を押し開いていく。

長いこと使われていなかったのだろう。埃《ほこり》っぽい空気が充満していた。

床にも、うっすらと埃が積もっている。

モーリンが屋敷の奥へと進んでゆく。指先をあげ、ぽっ、ぽっ、と、魔法の小球を生み出して、壁の燭台《しょくだい》に光を灯してゆく。

蠟燭《ろうそく》の灯りじゃない。魔法の灯りだ。

「ま……ほう、だ……」

娘がまたぽかんと口をあけている。

今日は驚きっぱなしだな。

「さて。働いてもらおうか。俺は、さっき言ったな？」

「え……、ええ……、はい、わかってます」

娘は俺に顔を向けた。

「なにを……、すれば、いいんでしょう？」

「掃除《そうじ》だな」

「は、はは……、一人で？」

娘は引き攣《つ》った笑いを浮かべた。

「だいじょうぶだ。モーリンがいる。あれの労働力は、ざっと数えて普通のメイド三〇〇人分はある」

モーリンは、いわゆるひとつの完璧《かんぺき》超人というやつだ。

「じゃ、じゃあ……、私、いてもいなくても、一緒じゃあ……？」

「飯の分を返さずに食い逃げしたいなら、どうぞご自由に。俺は解放してやるって言ったのに、恩を返してないとか言って、勝手に残っているのはおまえだろう」

「恩じゃなくて、お金の話です。私が逃げたら、貴方《あなた》、大損じゃないですか」

「だから逃げるんじゃなくて、解放したんだって言ってるだろうに……」

俺は後ろ頭をぽりぽりとかいた。

この言いあいを、また繰り返すつもりはないんだが……。

「……仕事をはじめます。掃除すればいいんですよね？」

「ああ……。そうだが……。待て」

掃除道具を探しに行こうとする娘を、俺は呼び止めた。

娘の歩いていった床に、足跡が残っている。

足跡は裸足《はだし》で歩いていたからだ。

娘の格好は、昨夜のまま。

俺のくれてやったマントに身をくるんではいるが、その下は、奴隷《どれい》の木檻《きおり》に入っていたときのままで――。半分、裸みたいな格好だ。

長かった奴隷生活のせいで、娘の体は、ひどく汚れていて――。

「ちょっと来い」

「え？　ちょっと――なに？　なんですか!?　離して！」

「いいから来い」

俺は娘の手を引くと、屋敷の中を歩いた。

たぶんこのあたりだろう、というところに、目的の場所――〝厨房《ちゅうぼう》〟はあった。

水瓶《みずがめ》がある。

雨水が溜まる仕組みなのか。澄んだ水が、なみなみと湛《たた》えられている。

「あとは……、ああ……。あった――、あった――」

俺が見つけ出してきたのは、床用のブラシ。

長い柄がついていて、両手で構えて、ごしごしと力を入れて洗うためのブラシだった。

向こうの世界だと〝デッキブラシ〟という名前がついている、その先端のブラシの剛毛を、ずいっと――娘に向けた。

「屋敷の掃除をさせるまえに、まず、おまえの体を〝掃除〟しないとな。――そうでないと、綺麗《きれい》にしているのか、汚しているのか、わからん」

「えっ？　いえあのっ……、そ、その凶悪な感じの、ブラシはっ……？」

「マントを脱げ。そうしたら、そこの水瓶から、水を汲《く》んで、自分で体に浴びろ」

俺はそう命じた。

「ちょ……、ま、まさか……、そ、そんな凶悪なブラシで……、女の子――洗わないわよね？」

「敬語を忘れてるぞ」

「あ、洗いません……よねっ？」

「いいから裸になれ。それとも、俺に裸にひん剝《む》かれたいのか？」

「ひ、ひん剝くって……」

「面倒くさいやつだな」

俺は手を伸ばしかけた。ひん剝いてやろうと伸ばした手から、娘は逃れて――。

「ぬぎます！　ぬぎますっ！　ぬぎますからっ！　さ――さわらないで！」

触りたくないから、ブラシを探してきたんだが……。

娘はしぶしぶ、マントを脱いだ。

わずかにまとっていた、ボロ切れ状態の服も、すっかり脱いで、完全な全裸となる。

胸と股間《こかん》を手で隠して、顔を赤らめて、厨房のタイルの床に立つ。

「あ……、洗うからっ……、自分で、やるからっ……」

「敬語を忘れているぞ」

「あ、洗いますから……、あっちへ行っっててくだされればぁ……、自分でしますからっ」

ええい。もう面倒くさい。

俺は水瓶から汲んだ水を、娘の裸に、ぶつけるようにして——ぶっかけた。

「つめたい！」

「水が冷たいのはあたりまえだ」

娘は、いちいちと、うるさかった。俺はさっさと〝作業〟を終わらせることにした。

「まずは背中からだ」

デッキブラシを、娘の背中に——ごしごしとかける。

「いたい！　いたい！　——いたいっ！」

「これでも加減してやっている。このくらいの力を入れないと、おまえの垢《あか》が落ちんだろう」

娘が暴れて洗いにくいので——。

背中を蹴《け》ってうつ伏せにさせる。足で踏みつけて、逃げないようにする。

「逃げる！　逃げます！　もう逃げてやるぅぅ！」

「だから最初から逃げろと言っている」

「——やめて！　残るなんて言わないからぁ！　もう逃げ出させてえぇぇ！」

俺は一切耳を貸さず——。娘の体を、ごしごしと洗った。

◇

「うっ……、うっうっ……」

「ほら。綺麗になったじゃないか」

べそをかいている娘の髪を、タオルで拭いてやりながら、俺は言った。

ちょっと埃っぽいタオルだが、ほかに見あたらなかったので、しかたがない。

洗う前の娘は、ちょっとばっちい感じで、触るのは、はばかられたものだが――。

洗ったあとの娘になら触れられる。

てゆうか。むしろ触れたい。

髪と体を拭《ぬぐ》ってやるついでに、あちこちタッチしてしまおうかとも思ったが……。

そこは、自粛《じしゅく》しておく。

この世界に転生して、自重はしないことに決めている。

だが自粛はする。

洗うだけ、と、自分で言っていたのに、他のことをはじめてしまったら、カッコが悪い。

さっきまで「死ぬ」だの「いっそ殺して」だの口走っていた娘は、観念したのか、すっかりおとなしくなって、俺の手に髪を任せている。

はじめ見たときには、目の光以外は、ただの小汚い奴隷娘としか思っていなかった。

綺麗に洗ってやって、第二の皮膚《ひふ》となってしまっている垢を、削《けず》り落としてやりさえすればーー。

ずいぶんと、美しい娘だった。

やべえ。ちょっと欲情した。

ちょっとしか、欲情していないが……。

具体的には三五度くらいだ。

「彼女の服が入り用ですね」

声がかかる。

「ああ。……そうだな」

俺は余裕を持って、背後を振り返った。

モーリンが立っていた。

「あんまり汚かったからな。洗ってやった」

俺はそう言った。

単なる事実をモーリンに説明する。

ちょっと、どっきりしていた。

ちょっとしか、どっきりしていないが……。

あー。びっくりしたー。びっくりしたー。

「それは？　おまえとお揃《そろ》いだな」

モーリンの持っている服に、俺は目を留めた。

「いま予備はこれだけでして」

モーリンの持っているのは、メイド服だ。

彼女の手から、その服を受け取り――。

俺はそれを、しゃがみこんだままの娘の背中に、ばさっと、投げ落とした。

「ほら。着ろ」

#009. 屋敷で暮らす

「お、お金以外のもので……、借りを返します！」

夜、俺は大きなベッドの上で横になっていた。

モーリンはまだ仕事が残っているとかで、夜なべで作業をやっている。

屋敷中、ピカピカにするつもりのようだ。

俺は一人でベッドにいた。

寝ようと思うのだが、これが、なかなか寝付けない。

暖炉《だんろ》では、ぱちぱちと火が燃えている。

部屋の中はうっすらと火の赤で、照らしだされている。

このあたりは、大陸のなかでも暮らしやすい温暖な地方であるが――夜はすこしだけ冷える。

暖炉があると、大変、快適だ。

もっとも暖炉なんて持っている豪邸は、金持ちの家でも、そうそうないだろうが……。

今日は、たくさん働いた。

屋敷を掃除するのは、モーリンと娘の仕事だった。

俺の仕事は、もっぱら、すぐにサボる娘の尻を蹴飛ばして、仕事につかせることだった。

娘に言わせれば、あれはサボっているんじゃなくてヘタりこんでいるのだと言うのだが。

「すこし休ませてよ死んじゃう」とか「この鬼畜《きちく》」とか、いろいろ、言っていたが……。

俺は細々とした家事については、一切、手伝わず――。

それ以外で、力のいる仕事を、すこしやった。

薪《まき》を割ったり、葡萄酒《ぶどうしゅ》の樽《たる》を、丸ごと一個、街中で買い上げて、街中から担《かつ》いできたりと――そうした仕事だ。

屋敷を買うために金を稼《かせ》ぎに、ダンジョンに行った。

そのときに、ついでにレベルがだいぶ上がっていた。ステータスもだいぶ増えた。

レベルというのは、こちらの世界の仕組みに組み込まれた、高次の概念《がいねん》だが――。

単純な肉体的な「力」というものなども、ステータスの増加で変化する。

何十キロもあるような樽を、ひょいと担いで、軽々と運んでこられる。

いまの俺は、そのくらいのステータスを持っているというわけだ。

本来であれば、冒険から帰ってきたら、ギルドに行ってレベルアップの申請と測定をするものらしいが——。

まあ、そのうちでいいだろう。冒険をするのは「ついで」であって、それ自体が「目的」ではない。

娘は夕食のときまでには、相当、へばっていた。

それでも食事には食らいついた。

一回、吐いていたが、そのあとでまた食った。いい根性をしている。

しかし……。そんな吐くほどの運動量か？

仕事の内容は違えども、仕事の「量」としては、俺のほうが、はるかにこなしている。

主人より働かない奴隷《どれい》が、どこにいるというのだ。

やっぱ。解雇だな。解雇。

明日になったら、あの尻をドアから蹴《け》り出して、クビだ、と言い渡してやろう。

そして好きなところに行けばいい。

せっかく自由になったのだから。

……とか。

そんなことを考えて、寝付けずにいたら――。

こんこん、と、控えめに、ノックの音が響いた。

「あいてるぞ」

俺は言った。

誰だ、とは聞かない。

きっとモーリンだ。

俺の無聊《ぶりょう》の相手をしに、顔を出してきたのだと――。

――と、思ったら、違った。

「あの。ご主人さま……？　起きてます……よね？」

「ああ」

娘だった。

燭台《しょくだい》を手に、木綿《もめん》の夜着一枚で、俺の部屋を訪れてきた理由は……。

考えるよりも、聞いてみるのが、早いだろう。

「なんの用だ？」

「話があって」

「なんの話だ？」

「そういう。威圧的な話しかた。やめてもらえます？　いま不機嫌なのでしたら帰りますし。

あとにしますし」

「……なんだ？」

俺はベッドの上に身を起こし、座り直すと——娘に向いた。

きちんと娘の目を見て、話をする。

「まず最初にお礼は言っておかなきゃと思って」

「なんの礼だ？」

「もう！　だからそれやめて！　……やめていただけますか？　私と歳《とし》もそれほど変わらないのに……、なんでそんなエラそうに。……ご主人さまは、いくつなんですか？」

「一七だな」

モーリンに聞いてみたところ、一七歳ぐらいと言われた。

前世と前々世を数えると、ややこしいことになるので……。肉体の見かけの年齢で、通すことにしている。

「なによ一個下じゃないの」

娘はぼそぼそと口の中で文句を垂れた。——聞こえてるぞ。

ということは、娘は一八か。

「私を買ってくれたことと、奴隷から解放してくれようとしたことには、まず、お礼を言います。どんな酔狂《すいきょう》だったのかは知りませんけど」

「ああ。その件だが。……おまえもう、明日、朝飯くったら、どこへでも行っちまっていいぞ。半日働いたくらいでへたりこんで、ひーひー死ぬ死ぬ言ってる根性なしのメイドは、うちにはいらん。解雇だ解雇。雇ったつもりもないが、クビだクビ。どこへなりとも行ってかまわない」

　俺はさっき考えていたことを、娘に告げた。

「また言いあいしたいの？　……したいんですか？」

「おまえもうメンドウくさいから、タメ語でいいぞ？」

「そんなわけにいかないでしょ！　……いきません」

「だからメンドウくさいって……」

　俺は、つい、笑った。

　娘も笑った。

「おまえ。名前はなんていうんだ？」

「やっと名前を聞いてくれた。――聞くまで、絶対、名乗らないって、私、思ってた」

「べつに名乗りたくなきゃ、名乗らなくていいんだぞ」

「おい」とか「娘」とか「あれ」とか「これ」でも、こちらは一向に構わない。

「アレイダよ。……カークツルス族の、アレイダ」

「アレイダ・カークツルスか」

「ちがう。カークツルス族の、アレイダ。カークツルスは、部族の名前。……もうないけど」

「ご主人さまは？　名前。聞かせてくれない？　……くれませんか」

「あれ？　言ってなかったっけ？」

「聞いてないわよ。モーリンさんも、〝マスター〟って呼ぶだけだし」

「ええと……、なんだったたっけかな？」

「言いたくないなら、言わなくていいけど。……ご主人さまって呼ぶから」

「いや……、そうじゃないが。えーと」

冒険者ギルドで名前を書いた。

なんにしたっけかな……？

「ああ。……オリオンだった」

「なによそれ？　自分の名前を忘れてた？　……忘れてました？」

「色々あるんだよ」

転生者であること。元の名前は有名すぎて使えないこと。色々あったが。

娘に――いや、アレイダか。

彼女に話すべきことではないだろう。

向こうも、奴隷に身を落とした経緯も含めて、色々あるようだ。

族長の娘がどうだとか――前に口走っていた。その部族がもうないということは、滅びでもしたのだろう。

この五〇年は平和らしいから、どうだかわからないが……。その手のことは、俺が勇者をやっていた大戦期には、よくあったことだ。

「オリオンだけ？　下の名前とかは……、ないの？」

「ないな。ただの。オリオンだ」

「ふぅん……」

アレイダは、値踏みでもするように俺を見た。

この世界では、人は、ふつう、〝名字〟というものは持たない。

姓というものを持つのは、名家に生まれた者だけだ。守るべき〝家〟を持つ者だけが、姓というものを持っている。

王、王族、貴族、騎士、あとは大商人や、学者の家系など。

「俺がそういう、いいとこの坊ちゃんに見えるのか？」

「ぜんぜん見えない」

「じゃあ、どういうふうに見えるんだ？」

「もっとこう……、ワルい人？」

「ははは……。ワルか。いいな」

俺はおかしくて、笑った。

これでも世界を救った勇者なんだが。

そうか。ワルか。

自由でよさそうだな。ワルは。

勇者をやっていたとき。魔王を倒し、世界を平和にする——決められた道を歩んでいたとき。

そしてまた、現代社会で社畜《しゃちく》として、社会の歯車として組みこまれ、ブラックバイトやブラック企業で、すり潰されていたとき——。

俺が、ずっと、なりたかったものは、「ワル」だったのかもしれない。

「ああ。うん。そうだな。ワルだな」

俺は認めた。

「俺は好きなことをする。やりたいことをする。自重しない」

「そうそう。そんな感じ」

アレイダは笑った。

「それで……。そんなワルに買われてしまった私は、ああ、これはきっと、ヒドい目に遭《あ》わされてしまうんだろうなー、って、そう——」

「期待したのか?」

「だ——誰が! 期待なんて——!? ……ちがくて。覚悟していたの。……覚悟していたんです」

「ヒドい目か。それは具体的にいうと、どういう目のことなんだ?」

「え？　そ、それは……」

俺が聞くと、アレイダは口ごもる。

「そういや、昼間は、死ぬ死ぬ口走ってたな。――ああいう感じか？」

しょっちゅうへたりこんでサボっていたから、蹴飛ばして、仕事に戻させたが。――あれか？　あれが「ヒドい目」か？

「ず、ずっと狭い木箱に閉じ込められていたのよ？　体力が落ちていて……」

「モーリンはおまえの十倍は働いて、顔色の一つも変えてないがな」

「あ……、ああいう仕事は……、慣れてなかったから……、そのうち、慣れてくれば――、もっと上手《うま》くできるわよ」

アレイダは言いわけばかりしている。

「しばらくすれば、体力だって戻るし。体だって仕事に慣れてくると思うし」

「なんだ。ずっと居着くつもりか？」

「貴方《あなた》への借りをお返しするまでは」

アレイダは、毅然《きぜん》とした顔で、そう言った。

「なにか貸しなどあったっけ？」

「私を買うときのお金が――」

ああ。あれか。

「じゃあ返せ」

「すーー、すぐに返せるわけないでしょう！　あんな大金！」

俺が半日で稼《かせ》いできた額の、さらにその五分の一だったんだがな。

「す、すぐに……って言うなら。そ、その……、お金はないけど……、ほ、ほかのものでっ……」

アレイダはうつむいてそう言った。

自分の二の腕を、ぎゅっと抱く。

「あ、貴方は、たぶん……、そういうつもりもあって……、私を、買ったんだと思うし……」

ああ。なんか変な誤解をされているようだな。

「いや。ノーサンキューだ」

「へ？」

アレイダは、きょとんとしている。

「え？　……だってそういうことを……、したいんでしょ？」

「悪いがそこまで不自由していない」

「え？　でも？」

この年頃の娘というのは、自分の体の価値を、どうして高く見積もるのだろうか。

「いや。だっておまえ。汚いし」

「あ——洗ったわよ！　洗ったでしょ！　洗われたわよね!?」

「敬語は？」

「あ……、洗いましたから。……その、だいじょうぶかと」

なにが大丈夫なのかわからないが、俺は首を横に振った。

いらんものはいらん。

だいたいこの手合いはきっと処女だ。メンドウくさいこと、この上ない。

「いまのおまえには、抱いてやるほどの価値もないな」

俺はそう言い渡した。

「なっ——!?」

アレイダは顔色を変えた。

まず赤くなり、怒って、無言で俺を睨《にら》みつけ——。

俺がまったく動じずにいると——。

しばらくしたら、青くなった。

自分の体に異様な高値を付けていたことに、気づいたのだろう。

「そう……、ですか」

がっくりと意気消沈して、帰ろうとする。

あーあ。……くそう。

こんなメスガキの一人が、自惚《うぬぼ》れていようが意気消沈していようが、どうでもいいのだが――。

ほっときゃいいのに――と、自分でも思いながら、俺はその、とぼとぼとした背中に、声をかけた。

「あー、もしおまえが〝一人前〟になったら、そのときには――抱いてやる」

「――頼んでないし！」

ばたん！　――と、ドアを力一杯閉じて、アレイダは出ていってしまった。

俺は、くっくっく、と、含み笑いをもらしていた。

あいつ？　抱かれに来たんじゃなかったのか？

そういや――。

もう金がなかったな。

屋敷を買って、奴隷《どれい》娘を一人、解放してやったから、すっかり一文無《いちもん》しだ。

今日、街に行って、酒と食料を買ってきたが、あれは、モーリンの「へそくり」だ。

ヒモ生活も悪くはないが、アレイダを「一人前」にしてやると言ったこともあるし、明日はダンジョンへ、繰り出すか。

俺は一人でベッドに入った。

モーリンが夜這《よば》いしてこないかとｗｋｔｋ《ワクテカ》して待っていたが、結局、朝までなにもなかった。

#010. 奴隷娘を冒険者にする

「おまえを一人前にする約束をしたからな」


「わたくしは、ついていかなくても、よろしいですか？」

翌日。朝食を食べ終えたあとで、俺は、娘――アレイダを連れて外出することにした。

「ああ。今日はだいじょうぶだ」

入口まで送りにきたモーリンに、俺はそう言うと、歩きはじめた。

後ろにアレイダがついてくる。

格好はメイド服姿のままだ。こいつの服は、いまのところ、これしかない。

「なになに？　どこ行くの？　――服、買ってくれるの？」

「はあァ？」

「ちがいました。ごめんなさい。……あと敬語も忘れていました。ごめんなさい」

アレイダはしゅんとなった。

さっきから、ぴょんぴょんしていると思っていたら……。そんな勘違いをしていたわけだ。

「おまえを一人前にするという約束をしたからな。……冒険者ギルドだ」

「冒険者……、ギルド？」

ぽかんとしている娘を置いて、俺は先に立って歩きはじめた。

娘は、慌てて俺のあとをついてきた。

◇

昼時についてしまったのが、よくなかったのか、受付の窓口には、どこも長い行列ができあがっていた。

「うわ……、すごい行列だな」

ざっと見たところ、一時間は待ちそうな長さだ。

さて。どうしたものか。

俺がしばらく考えていると……。

「あっ！　オリオンさん！　こっち、こっち！　こっちでーす！」

窓口の一つを担当していた受付嬢が、腕をちぎれんばかりに、びゅんびゅん振っていた。

ああ。

おとといあたりに来たときに、担当してくれた娘だった。

名前は……。名前は……。

俺は列をかわして、窓口の脇へと、直接、行った。

彼女に話しかける。

「やあ」

「今日はなにかご用ですか？」

「ああ。ええと……」

名前がまだ出てこない。

「リズって呼んでください！」

そうしたら、向こうのほうから言ってくれた。

あれ？　でも？　いま思いだしたのだが……。

「エリザでなかったっけ？」

「はい！　だからリズで！」

なるほど。愛称なわけか。

それで呼べと。

……ふむふむ。

「ナンパしにきたんですか？　ご主人さま」

アレイダにちくっとやられて、俺は用件を思いだした。

「今日は冒険者登録をもう一人と……、あとクエストでも、なにか紹介してもらおうと思って」

「ええ。どうぞどうぞ！　オリオンさんなら、いつでも大歓迎です！」

今日の彼女は、妙にテンションが高い。

この前もこんなんだったか？　そういえばモーリンの大ファンぽかったな。

「しかし……、今日は混んでるな」

「すぐやります。いまやります。どうぞどうぞ」

リズはそう言った。

「いや。順番でいいよ」

俺は、長々と続く列に目をやった。最後尾は壁際まで伸びている。

だがアレイダを並ばせておいて、自分は座って待っていればいい。なんなら街をぶらついて時間を潰していても……。

「はいすいません。こちらの窓口は休止となります。他の列にお並びくださーい！」

リズが窓口を閉じてしまう。

え？　あれ？

列に並んでいた冒険者たちは、口々に文句を言ったり、じろりと睨みをきかせたりしながら、他の列へ移動していった。

あらら――……。

ま。いっか。

待たずに済むのはありがたい。

俺たちは別室へと通された。

「特別窓口」と書かれた部屋が、ギルドの奥にあった。

「はい！　冒険者登録ですね。そちらの方ですか？　これまでになにか剣や魔法やその他の技能の心得は？　他の職能ギルドなどに登録されていたことは？　提携先ギルドの場合には、免除や優遇措置《そち》などがあります」

「あっ。はい……、えっと……？」

アレイダは不安そうな顔を、俺に向けてくる。

「冒険者の資格はとりあえず持っておけ。俺の奴隷であるうちは、所有物として財産扱いもしてもらえるが。俺のもとを離れて、自由になったときには、人権もないぞ」

「あっ……、あの……、ないです」

「ではLv1からの開始となりますね。ステータスの測定をしますので。右手にある機械の球体の上に手をかざしてください」

俺のときにも行った測定がはじまる。

「あっ。はい。ステータスでました。ありがとうございます。ええと。このステータスですと……、ご案内できるご職業は――」

「CONが高いはずだ」

俺は横から口をはさんだ。

「えっ？　オリオンさん？　わかるんですか？」

「ああ。なんとなくな」

俺はうなずいた。

「鑑定スキル……？　お持ちでしたっけ？」

「いや。ないな」

スキルはないが……。元勇者の経験とでもいうのだろうか。

相手のおおまかなLvと、長所短所くらいなら、見ただけでわかる。

モーリンなら鑑定魔法が使えるので、そこの機械と同じか、それ以上の精度で読み取れる。

鑑定機というのは、鑑定スキルや鑑定魔法を模《も》して作られたものだから、オリジナルの精度は出ない。

「オリオンさんのおっしゃる通りです。アレイダさんは、ＣＯＮがずば抜けて高いです。この耐久値ですと、お薦《すす》めなのは――」

「戦士だな」

「はい。戦士です。お薦めです」

俺が言う。エリザもうなずく。

「他にも格闘士《グラップラー》などにも適性があると思いますけど」

「戦士にさせたい。うちのパーティは少人数だからな。基本職でいい」

俺はそう言った。

前衛に立って、敵の攻撃を受け止める役がパーティには一人は必要だ。

格闘士《グラップラー》なんてのは、前衛後衛揃《そろ》ってからのアタッカーだ。

そして極めれば基本職がじつは最強だったりする。成長も基本職のほうが圧倒的に早い。

とりあえず「戦士」として育成することに決めていた。

とりあえず「一人前」になるまでは、転職もなしだ。

「私の意見は、聞いてくれないのね……」

アレイダが嘆《なげ》いている。身振りまで入れてアピールしている。

「不満か？　なら早く言え。三秒以内にだぞ」

「いえ……。いいです」

「あの……、アレイダさん？　本当に、よろしいんですか？」

エリザがアレイダになにかを聞いている。

「いえ……、いいです。戦士で。ご主……、オリオンも、そう言ってます」

「おい呼び捨てか？」

「ご主人さまがどうしても〝ご主人さまと呼べ〟とご命令されるのでしたら従いますが。表では、お名前のほうで呼ばせていただけると嬉しいです」

「呼び捨てはやめろ」

俺は、そこだけは命令した。

「オリオン……、さま？」

「まあ……、それならいい」

「年下のくせに」

ぼそっ、と口にしたのは聞こえていたが、俺は無視した。

アレイダは冒険者となった。

戦士Ｌｖ１となった。

うちのパーティに前衛ができた。

#011. 奴隷娘を戦士でパワーレベリング

「武器ぐらい買ってください……」


さあ。冒険者になった。

職業は「戦士」にした。

冒険、開始だ。

昨日のダンジョンに行って、一階から攻略を開始した。

いや……、正確に言うと、攻略しようとした。

最初でいきなりつまずいた。

「こんな武器で……」

入口を降りたばかりのところで、まだ何メートルも行かないうちに、アレイダはぐずって動かなくなってしまった。

〝武器〟を手に、なにかぶつぶつと文句を言っている。

「モップは嫌いか？　デッキブラシのほうがよかったか？」

「そういうことじゃなくて！」

〝モップ〟を構えて、アレイダは言う。

デッキブラシは嫌いなようだったので、気を利《き》かせてモップのほうにしてやったのだが……？

「武器ぐらい……、買ってくださいい……、買いなさいよ！　ケチ！」

「どっちなんだ？」

俺が聞いたのは、敬語なのかタメ語なのか、どちらなのかという意味だが。

「買ってくださいい……」

アレイダは敬語のほうで言い直してきた。

「武器か？　そんなもん拾えば済むだろう」

「自分はいいの持ってるくせに！」

俺の腰に下がった漆黒《しっこく》のロングソードを示して、アレイダは言う。

「俺のもこれは、全部拾ったものだ。この迷宮で出るものばかりだぞ？」

「え？　うそ？　ほんと？」

「だからどっちなんだよ」

俺は笑いながら、また聞いた。

「……本当ですか？」

俺はうなずく。

本当もなにも――。俺だって、このあいだ、モーリンに、この迷宮に連れてこられたわけだ。

Ｌｖ１からのスタートだ。

武器はなし。防具もなし。

俺の場合にはモップさえなかった。武器がなくてどうやってモンスターを倒すのかというと、もちろん、素手で――だ。

防具のほうは、街の人間の、普通の普段着からのスタートだった。

いまアレイダの着ているメイド服のほうが、いささか防御力が高いんじゃないかと思えるほどだ。

「さあ。四の五の言ってないで、はじめるぞ……」

「あ、あの……、私はべつにね？　不当な文句を言っているわけではなくてね？　ダンジョンに挑むなら、それなりの装備っていうものがあるっていうことを……、いわば常識的なことを――」

俺はため息をついた。

これでも充分〝やさしく〟やってあげているのだが……。

言っておくが、〝モーリン式〟は、こんなもんじゃない。

前々世において――俺がいったい、どんな〝しごき〟を受けていたと……。

思いだしてしまうと、トラウマで幼児退行してしまいそうだったので――。俺は記憶の蓋《ふた》にしっかりと鍵《かぎ》をかけた。

「やるのか？　やらないのか？　やらないのなら――帰れ」

アレイダには冷たく言う。

だいたい、解放してやるって言っているのだ。

もう冒険者ギルドで登録もしたから、ギルドの一員であり、人権も得ているわけだ。奴隷《どれい》として売られる心配は、当面、ない。

しかるべき準備を整えたうえで、ダンジョンに挑み、ちまちまとレベルアップしてゆくというなら、それもいいだろう。

それなのに、金返すだの、返せないから抱いてだの、色々メンドウクサイことを言ってきたのは、こいつのほうだ。

「わ……、わかったわよ。や、やるわよ……。やればいいんでしょう？」

「だから、やりたくないのなら、帰っても――」

「や、やります！　やります！　うわーい！　がんばるわー！」

妙にハイテンションとなったアレイダとともに、俺はダンジョンの攻略を開始した。

◇

しばらくすると、防具が手に入った。

「あ、あの……、こ、これ……、ち、ちょっと、はずかしいんだけど……」

「ほら言った通りだろう。防具が手に入った」

「い、いや……、そ、そうだけど……、これ、ちょっと短すぎない？」

念願の〝装備〟が手に入ったというのに、アレイダのやつは不満そうだ。

ドロップした鎧《よろい》は、鱗《スケイル》状の小片を繋《つな》ぎ合わせた金属鎧。胸を覆《おお》う女性用。下はまた別で、レザー素材のスカートだ。超ミニスカだ。

「剣を振ってみろ」

「こ、こう？」

武器のほうも手に入っていた。──単なる剣だが。鉄でさえない青銅の剣。

まあこんな初心者ダンジョンの一階をうろちょろしているモンスターのドロップ品としては、それでも幸運なほうなのだが。

「はっ！　はっ、はっ！　はあっ！」

アレイダは掛け声ごとに、前へと踏みこんで、剣を振る。

足を大きく開いて動かすたびに、白い下着がチラチラと見え隠れする。

「うん。いいんじゃないか」

俺は、言った。

「あ、あの……、見えて……、なかった？」

「いいと思うぞ」

だからいいと言った。

うん。いいぞいいぞー。

「……見えてたでしょ？」

アレイダは、じっとりとした視線を俺に向けてきた。

◇

「死ぬ……、死んじゃう……」

ひとつの戦闘が終わった。

アレイダは、まだ生きていた。

ただし、だいぶ傷ついて、地面の上でのたうっている。

「じゃあ回復してやるか」

俺は回復魔法を唱えた。

俺の職業は〝勇者〟なので――。あらゆる武器防具を装備できるうえに、だいたいの魔法も使うことができる。

魔法方面は、本職のマジックユーザーほどの威力はないものの、攻撃魔法と回復魔法、補助魔法など、だいたい一通りのスペルは持っている。

死にかけの低レベル戦士を全回復させて、ＨＰを満タンにするぐらいは簡単なことだった。

そういや、俺も、つい一日か二日前までは、低レベルだったな。

こちらに召喚されたばかりのときには、Ｌｖ１だった。

いまって、俺、Ｌｖいくつなんだろう？

まあ。どうでもいいか。

ソロでこのダンジョンを最下層までクリアできることは実証済みだ。

回復魔法が効いてくると、アレイダの傷は、みるみる治っていった。

仰向《あおむ》けに姿勢を変えて、アレイダは荒い呼吸をしている。

鱗鎧《スケイルメイル》の胸が苦しげに上下する。上を向いたせいで厚みの減った乳房が、谷間に浮かぶ汗とともに、上下している。

「どうして……、手伝って……、くれないんですかぁ……」

「手伝ったらおまえの修行にならんだろう」

このあたりのモンスターだと、一撃で倒してしまうどころか、一度剣を振ったら、一ダースぐらいずつ数が減ってしまうだろう。

昨日だか、一昨日くらいだかの、俺が金策で挑戦していた頃であれば、共闘してやってもよかったのだろうが……。

いまではLvが違いすぎる。

だから俺は、自分では一切戦わず、アレイダだけを戦わせていた。

つまり〝パワーレベリング〟に徹しているわけだ。

「さっきのは……、危なかったわ……」

ようやく地べたから身を起こして、アレイダが言う。

まったく。この女は文句ばかりだな。

やれ武器がないの防具がないの。モップはいやだの。ぱんつが見えるの。

うん。ぱんつは大歓迎だが。

戦闘中、ヒマして待っている間の、目の保養になって、大変によい。

そして武器も防具もドロップして、装備が足りてきたら、こんどは死にそうだの、もう死ぬだの。

まったく。文句ばかりだ。

これでも戦闘後に全回復させてやっている。大サービスだ。

ちなみに、俺のときの〝モーリン式〟は、もっとひどかった。

俺が〝勇者〟で回復可能なものだから、回復も自前だ。本当にモーリンは〝付き添って〟いるだけ。

まあ。モーリンの前で無様《ぶざま》な姿は見せたくなかったから……。「死ぬー」とか内心で思ってはいても、声にも顔にも出しはしなかったが。

こいつはどうだ。

寝転がって、死ぬ死ぬ騒いでいりゃ、楽だわなー。

「もう……、私……、死んじゃったら……、どうするのよ？」

「べつにどうもしないな」

「え？」

アレイダは、目をぱちくり。驚いたように聞き返してくる。

「そうだな。死体をそこに残して帰ることになるかな」

「え？」

「運が良ければ、死体屋が間に合って回収されるかもしれない。運が悪ければ、モンスターの胃袋に収まって、それきりだ」

死体屋というのは、こうした低レベルダンジョンを巡回している職業だ。

冒険者の死体があったら街に持ち帰り、蘇生《そせい》させて、生き返ったその本人に対して〝料金〟を請求するのだ。

もし金が払えなかったら装備品を剝《は》ぐ。

あまり好かれてはいないが、いちおう合法とされている商売である。

さて、もし装備も金も持っていない死体が転がっていたら、死体屋はどうするか？　もちろん、ほうっておくに決まっている。慈善《じぜん》事業じゃないからだ。

他にもダンジョンで商売をしている連中といえば、ポーション屋なんかもいる。

ダンジョンの奥で薬品が底をついたところに、絶妙なタイミングで現れて、足元を見た法外な値段で、体力回復のポーションなどを売りつけるのだ。

「え？　ちょ？　見殺し……？　あ、あの……、ちょっと？」

アレイダはぎょっとした顔で、俺を見やる。

「奴隷《どれい》から解放して、どこへなりと行かせるのと――。死体になったら置き去りにして引き上げるのと、俺にとっては、たいして変わらんと思わんか？」

俺は、単に事実を告げる冷たい口調で、そう言った。

アレイダの戦闘に介入していかないのは、いつでも助けてもらえると思っていたら、甘えが生じるからだし。

死んだら捨ててくぞ、と言うのも、同じ理由だった。

この手の教育方針でゆく場合、「この相手は本気でやる」と相手に思わせなかったら意味がない。

もちろん、俺は本気でやるわけだし。本気でそう思っているし。

「本気」を伝えるには、本当に本気になるのが、一番の方法だ。

「わかった……、わよ。……強くなってやるわよ」

剣を杖《つえ》がわりに地面について、アレイダは立ちあがった。

木檻《きおり》に入っていたときと同じ——いい眼でもって、俺を睨《にら》んできた。

◇

その日。日付が変わらないうちに——。

アレイダはダンジョン最下層までを制覇《せいは》した。

俺の数倍は時間がかかっていたが——。まあ及第点だな。

アレイダの戦士レベルは13となっていた。

ま。初心者向けダンジョンだし。こんなもんだろ。

#012. 奴隷娘改め、戦士娘「私……、こんなに強くなってた？」

ギルドの窓口に並んで、いくつか達成したクエストを換金させる。

今回はアレイダを列に並ばさせた。リズがうずうずした顔でこちらを見ていたが、特別窓口のほうは、謹《つつし》んで辞退した。

壁際の長椅子《ながいす》に座って待っているが、退屈はしない。

あれからアレイダの装備品は、二回変わっていた。

いまは竜鱗のスケイルメイル――なんていう、Ｌｖ13には勿体《もったい》ないくらいの装備となっていた。

だが丈は最初のものより縮んでいる。

てゆうか。もともとあれは上下セットの装備なわけだ。脚装備のほうは出なかったので、上だけを着ている。

だから、つまり――。

なにが言いたいのかといえば――。

座った目の高さからだと、ぱんつがちらちら見えている。

うむ。良き哉《かな》良き哉《かな》。

「こんなにもらえた！」

戻ってきたアレイダは、嬉しそうにそう言った。

ゴールドがぎっしり詰まった袋を俺に見せてくる。

ぴょんぴょん飛んで、ハイタッチしたくて仕方がない――という顔をしているので、しかたなく応じてやった。――一回だけだからな。

俺は二つあったゴールドの袋のうち、ひとつをアレイダに持たせた。

もうひとつは自分の懐《ふところ》にしまう。

「ひっどい!!　お金半分も巻きあげた！」

アレイダが叫ぶ。

「もともと、このダンジョンにやって来たのは――。金を稼《かせ》ぐためだったからな。おまえのレベルアップは、そのついでだ」

「私がぜんぶ倒したのに！　私が稼いだのに！」

「回復魔法。何回かけてやったと思ってる。あれだけ唱えられる使い手を雇っていたら、こんな金額じゃ済まなかったぞ」

「そ、そうかもしれないけど……」

俺が正論を言うと、アレイダのやつは、ぐっと言葉を呑《の》みこんだ。

「だいたいおまえは俺の奴隷じゃないのか？　奴隷が稼いだ金は、普通、所有者の懐に入るんじゃないのか？　半分もらえただけでも有り難いと思いやがれ。――あと、おまえ、さっきから忘れてるぞ」

「え？　なにを？」

「敬語」

「あっ……、はい。すみません」

「おせえよ」

二人で笑顔を浮かべる。

そして二人で並んで、ギルドを出ていこうとしたときだった。

「おい。その娘――。おまえの奴隷なのか？」

一人の男が、話しかけてきた。

俺としては、できれば無視したいところだったが――。

このまま応対せず、まっすぐ歩いていけば、一言二言の侮蔑《ぶべつ》の言葉は投げつけられただろうが、穏便に、この場を離れることもできたはずだが――。

「なによ、あなた？　いきなり失礼じゃないの？」

アレイダのやつが、返事をしてしまった。

荒しとお馬鹿なやつは、放置が基本と、おまえはネットで習わなかったのか？

習わなかったんだろうなー。異世界にはネットないしなー。

「こんないい娘を持ちやがって……。ええ？　おまえ、羨《うらや》ましいな？　ええおい？」

男はアレイダ本人に言うのではなく、俺のほうに、そう言ってきた。

こいつの存在には、じつは、気がついていた。

長椅子にどっしり座って、ガン見だった俺とは違い――横目でチラチラと盗み見を繰り返していた。

どこを見ていたかって？　もちろん、アレイダのぱんつだ。

「おまえ。今朝、横入りしてきた新入りだろ？」

男が言う。

まあ新入りには違いがないが……。

横入りについて誤解があるな。

窓口が、急遽《きゅうきょ》、閉まって、「特別窓口」に案内されただけだ。

横のほうで、リズが、あわあわと慌てているのが視界に入っていた。

俺は手の指先だけを、ちょこっと動かして――いいからいいから、と、制した。

「おい。おまえ。なんか言えよ？　――それともビビっちまって、口も利《き》けねえってか？」

これはきっと、挑発してるつもりなんだろうなー、と、思いつつ、俺は男の凄《すご》む顔を見つめていた。

これで〝難癖《なんくせ》〟を付けているつもりなのだろう。

俺がなにも答えずにいたせいだろうか。

男はこんどは、アレイダのほうに話しかけた。

「おい。おまえ。――いくらで買われたんだ？　俺が身請けしてやろうか？　こんなクズいやつに所有されているよりも、俺のほうが、いい目に遭わせてやれるぜ？」

ああそっか。こいつ。

アレイダを奴隷と思っているわけか。――奴隷なんだけど。

奴隷で、若い娘で、しかも美人っていえば、普通は、〝性奴隷〟であるわけで――。

つまりそういうことか。

そのアレイダの、いまの顔は、と、表情を見やると――。

台所によくいる黒い虫でも目にしたようなカオになっていた。

ああ。うん。理解しているな。

俺は歩きはじめた。アレイダを伴《ともな》って、無言でギルドを出ていこうとする。

「おい。売ってくれないのかよ？　――飽《あ》きたらでいいんだ！　俺に売ってくれって」

俺は足を止めた。

因縁《いんねん》でも、挑発でも、恫喝《どうかつ》でもなくなって――なんか、懇願《こんがん》になっていた。

はあぁーっと、大きく、ため息をつく。

「売らんし。当面。飽きる予定もない」

「そ、そんなに……いいのかよっ⁉」

だめだこいつ。

拒絶の意思を、きちんと言葉にして言ってやったのだが――。なんと十六文字分も口を動かして。

アレイダの、男を見る視線が、ますます冷えきった。

いまだいたい、絶対零《れい》度付近だった。

「行くぞ――」

「なぁおい！　ちょっと待てって！」

「ちょ――離して！」

俺は振り返った。

男はアレイダの手首を、しっかりと摑《つか》んでいた。

俺はもう一度、大きく、ため息をついた。

「おまえ。いつまでそいつに手を握らせているつもりだ？」

アレイダに向けて、そう言う。

「え？　ちょ――⁉　私ぃ⁉」

アレイダは不満そうに叫んでくる。

「なんで⁉　助けてくれないのっ⁉」

「自分の身ぐらい自分で守れ」

俺はアレイダに対してそう言った。あくまでアレイダに向けて話しかけた。

男に話しかけるのは嫌だった。

「おいおい。彼氏はビビっちまったようだぜ？」

男の口調は、また恫喝するような、それに戻っていた。

手を掴まれたアレイダは——なんと、少々、怯《おび》えているようだった。

おいおい……。

「おい——。おまえ。自分がどのくらい強くなったのか、わかってないだろ？　ちょっとそいつで試してみろ」

「え？」

「いいから。ひねってやれ」

「ひ、ひねれって言われても……」

と、アレイダの体が動いた。

掴まれていた自分の手首を返して、男の腕を、逆にひねりあげる。

「い——いたたたたたっ！」

「あ。こうか」

体が動く。

その動きは、鍛え上げられた高レベル戦士のそれだった。

拳《こぶし》が腹にめりこみ、前にのめったところに、掌底《しょうてい》が打ち込まれ――。

アレイダはくるりと身を回して――男の腕をからめ取り、前方へと、投げ飛ばした。

「あ。できた」

当然の結果だ。

アレイダはいまLv13。

このギルドホールにいる人間の中では、おそらく――俺を除いて、もっとも高いLvを持っている。

そして相手の男のLvは、元勇者の見立てによれば――。6とか7とか、そんなあたり。

Lvが二倍も違うのだ。簡単に、ひねってしまえる相手だった。

「私……、こんなに強くなってたんだ？」

自分の手を見ながら、アレイダは、呆然《ぼうぜん》とつぶやいた。

まあ仕方がないともいえる。

一日かそこらで、ここまでレベルアップしてしまったわけだ。現在の強さに意識が追いついていなかったのだろう。

リズに軽く手を振る。

あとは任せてください、みたいな顔を、彼女は返してきた。――いい女だ。

俺とアレイダは、ギルドホールから表に出た。

「ね？　私？　もう一人前？」

アレイダは俺の腕に、自分の腕をからめてきた。

「ぜんぜんだな」

俺は言った。

Ｌｖ13なんて、ほんの入口みたいなものだ。

世界を救えるようなＬｖじゃない。……ああべつに世界は救わなくていいんだっけな。もう勇者じゃないんだし。

しかし……。腕に抱きついてくるのはやめろ。

歩きにくいったら、ありゃしない。

第三章

盗賊娘をお持ち帰りにする

#013. 盗賊娘にサイフをすられる　「ころせる。ころせない。」

アレイダが冒険者として、一人前になったとは言いがたいものの——。

まあ目鼻がついてきて、いちおうは「戦士」って名乗ってもいいぐらいの感じになっていた。

その日、俺とアレイダは、街へと買いだしに出ていた。

アレイダのやつが、「そんなにたくさん一人で持てない！」とか、ぶーたれているので、俺は、おもに荷物持ちの役目で、ついてきてやっていた。

しかし……。

おまえ「筋力」いくつだ？

牛一頭ぐらいは、もう、担《かつ》いで走れるんじゃないのか？

必要か？　……荷物持ち？

野菜を買う。肉を買う。果物を買う。パンを買う。

さまざまな物を買っていく。

モーリンのリストは完璧《かんぺき》で——。上から順に買っていけば、街中を最短距離で一筆書きでナビゲートされる作りになっている。

それはいいのだが……。

主人である俺に半分持たせて、こいつは、ぴょんぴょん跳ねるみたいに上機嫌で歩いている。

「オリオン……、ご主人さま？　なんだか……、デートしてるみたい……ですよね？」

「はあァ？」

俺はヤクザみたいな声で聞き返した。

頭。沸いてんじゃねえのか。

どう見たって、荷物持ちさせられて、不機嫌きわまりない男だろうが。

だいたいもし仮に万が一、〝デート〟だったとしても――荷物持ちってのは、罰ゲームの一種にしか思えない。

「ああ――あの果物。知ってますか？　ちょっと酸《す》っぱいけど、とっても、おいしいんです。幾つか買っていっても、よろしいですか？　二、三個くらい？　モーリンさんのリストにはないですけど」

「ああ。好きにしろ」

俺は言った。

こいつ――。こういうときだけ、敬語なんだよな。

しかし――。

また荷物が増えるのか。

そして金を出すのは俺か。

まあ奴隷《どれい》と一緒に買い物に出ていて、払いを持たない主人もいないとは思うが……。

「すいませーん。三つ――いえ、五つください」
二、三個じゃなかったのかよ。
盛ってるし。

まあどうでもいいが。

俺はサイフを探した。

ゴールドを入れてある革袋……。革袋……。

あれ？　おかしいな？

「一二五Gになります」

「ああ。ちょっと待ってくれ」

俺はサイフを探していた。

持っていた荷物をすべて地面におろして、本格的に探しはじめる。

「……落としたの？」

「まさか」

たしか、前に金を払ったときには、ゴールド袋は、腰に下がっていたから――。

「……なによ、落としたんじゃない」

こいつ。

こういう時だけ、敬語じゃないのな。

「そんな間抜けなことをするか。……俺を誰だと思っている」

しかし、サイフは出てこない。

「……落としたんだ。ほーら」

ほーら、じゃねえ。

勝ち誇ってんじゃねえ。犯すぞ。

「すまないな。その果物は――」

ずーっと待ってる店員に、俺がそう言いかけると――。

「私が払います。――はい。一二五G」

アレイダが、自分のサイフを出して、さっさと払ってしまった。

ご主人様の面子《めんつ》を丸つぶれにしてくれた女奴隷は、さらに、あろうことか――。

「サイフを落とした間抜けなご主人さま。――残りのお買い物は、どうしましょうか？」

にっこりと微笑《ほほえ》んで、俺に、そう聞いてきやがった。

「……探しに行く」

「落ちたサイフ探しに行くの？　――だっさ」

「ちがう」

サイフを落としたのでなかったら、考えられる結論は、ひとつ――。

盗まれたのだ。

しかし、前回、支払いをした店から、ここまでのルートのあいだに――。俺の間合いに入ってきた者はアレイダだけだった。

数メートル以内には、他に誰も入ってきていない。

アレイダが盗んだはずはないので――もし盗んでいたら、それこそお仕置きだ。

よって、俺のサイフを盗み取った者が、途中のどこかにいるはずだ。

しかもそいつは、俺に近づくことなく、すくなくとも、数メートル以上は離れたところから、サイフを持ち去っていったわけだ。

しかし――。どうやって？

「たしか、このあたりだったたな……？」

俺は立ち止まった。

ルートのなかで、妙な気配を感じた場所だ。

思えば、あのときにサイフをやられたのかもしれない。

気配自体は、覚えている。

もしまだ近くにいるようなら、探れるはずだ。

俺は目を閉じた。

感覚を研《と》ぎ澄まし、周囲の気配に神経を向ける。

俺がいま発動させているのは、ごく普通の《敵感知》のスキルであるが――。

普通に使うのではなく、ちょっと違う使いかたをする。

五感の一つ一つを《サクリファイス》――。

視覚、聴覚、嗅覚《きゅうかく》、触覚、そして味覚――すべてを一時的に消失させる。

そうすることで《敵感知》のスキルは、飛躍的に効果を増して――。

――いた。見つけた。

こそ泥め。

元勇者のサイフをすりとって、逃げられると思うなよ？

俺は獰猛《どうもう》な笑みを浮かべた。

◇

「もう逃げられないぞ」

盗人《ぬすっと》を、路地の奥へと、追い詰めた。

そいつは――。

ぼろのマントですっぽりと身を覆《おお》い尽くしていた。

中身が大人なのか子供なのかさえ、よくわからない。

体格からいうと、子供か、それとも老人か――。かなり小柄なほうだった。

だが、深いフードの内側から覗《のぞ》く目は、爛々《らんらん》と野生生物のように輝いていて――。

うっかり近づいたら、食い殺されてしまいそうだった。

「……怖い目ね。食い殺されちゃいそう」

アレイダが俺の考えていることと、まったく同じことを言うものだから――。

俺は苦笑した。

「おまえもあんな目をして、木檻《きおり》の中から、にらんできていたぞ」

「うそっ⁉」

「だから買ってやったんだがな」

「じゃ、じゃあ……、よかったのかしら？」

俺は一歩近づいた。

「かえさない。」

そういう目をしている、そいつが――俺はすこし気に入っていた。

「これは。すけるてぃあの。ものの。」

一語、一語、区切るように、まるで喋《しゃべ》ることに慣れていないかのように、そいつはカタコトで、そう言った。

女の声だな。しかも若い。

「いや。それは俺のサイフだろ。おまえのものじゃない。だから返せ」

「すけるてぃあは。かえさない。」

「あと、おまえの名前は聞いてない」

「すけるてぃあは——」

「だから。きーてない」

「……………」

そいつは黙りこんでしまった。

ところで……。

なんだか気のせいか、フードの中から覗く目が、六つとか八つとかあるような気がしているんだが……？

その、ぜんぶの目が、睨《にら》んできているような？

「なに道化《どうけ》の掛け合いやってるんだか」

アレイダはため息とともに、そう言った。

「そこは〝漫才〟と言うべきだな」

「なにそれ？」

アレイダはわからない、という顔をする。まあ異世界人に「漫才」は通じないか。モーリンだと通じたりしそうだがな。

「盗人と問答なんて、するだけ無駄よ。――やっつけちゃいましょう」

このあいだのことで自信をつけたか、アレイダは一歩前に出る。

「むり。すけ……は、ころせない。」

名前を全部言うと、俺にまた突っこまれると思ったのか。省略してきた。

よしこいつの名前はスケさんだ。もう決まりだな。

「おまえ。ころせる。」

アレイダを指差して、そいつは、そう言う。

そしてつぎに俺を指差して――。

「……ころせない。」

そう言った。

まあそうだな。

相手の強さくらい測れなければ、元勇者は名乗れない。

アレイダを「ころせる」というのは、おそらく「事実」。

俺を「ころせない」というのは、これは――一〇〇パーセント確実な「現実」。

「ころせない。だから……。スケは。にげる。」

そいつは、片手を上にあげた。

なにをするのかと思ったら――。

手のひらの付け根。手首のあたりから、なにかが——びゅっと出た。
手の付け根から出たのは、粘性のある液体のようだった。
手首から出てきた蜘蛛《くも》の糸のようなものは、建物の上のほうに、狙い違《たが》わず命中した。
すぐに固まり、離れなくなる。
少女の体は、するすると上がっていった。
「えっ！　うそおっ⁉　——ちょっと待ちなさーい！　逃げるなーっ⁉」
アレイダが叫ぶ。
だが少女はもう屋根の高さだ。
また別の糸を発射して、他の建物に飛び移っていってしまった。
逃げ足は速かった。
ああ。なるほど。
あの手首から飛び出す糸で、俺のサイフをすりとっていったわけか。
なるほど。離れたところからでも、盗めるわけだな。
納得だった。

#014.
盗賊娘を捕まえておしおきをする　「かったら。たべるよ?」

「スケルティア。……というモンスターがいます」

夕食を食べながら、モーリンが言う。

ナイフとフォークを上品に動かしながら、肉を切って口へと運ぶ。

その隣の席では、アレイダが、モーリンの仕草を見習って、ナイフとフォークを使おうとしているが、どうにもぎこちない。

食器を使った食事の方法に、アレイダはいまだに慣れない。

さすがに手づかみで食べようとして、ぴしりと、叩かれるようなことはなくなったが——。

俺とモーリンの二人だけなら、食べるのは俺だけになってしまうが。

アレイダが同席していると、モーリンも給仕はしないで、一緒に食事を摂《と》る。

俺はモーリンと一緒に飯を食いたいと思っているので、アレイダがいるのは、大歓迎だった。

「そのスケルティアというモンスターは、巨大な蜘蛛《くも》のモンスターなのですが……。少々。困った性質を持っていまして」

「どんなですか?　——困るって?」

アレイダが聞く。

「好色といいますか。オスは人間の女性をさらって、子を産ませることが――」

「うわぁ……」

アレイダが、ものすご～く、嫌な顔をする。

聞かなきゃよかった、という顔になる。

たしかに、ちょっと食事中にする話題ではなかったな。

「しかも子を産ませると、その女性を食べてしまい――」

「うわぁ……」

「女性が美人でないと、子を産ませる前に食べてしまうことも――」

「うわぁ……」

「またメスのスケルティアの場合には、さらうのは女性でなくて、男性となって――」

「うわぁ……」

すっかり食欲がなくなった――という顔で、アレイダはナイフとフォークを置いてしまった。

俺とモーリンは、もりもりと食べている。

冒険やってると、死体の隣で食うこともあるしなー。

さらわれたの、孕《はら》まされたの、実際に見ながらだったらともかく、話程度では、食欲は微塵《みじん》も揺らがない。

「……で？　そのモンスターに孕まされると、生まれてくる子供は、どっちになるんだ？」

俺はモーリンに、そう聞いた。

「は、はらますとか……、ゆーなーっ！」

アレイダが文句を言っている。言い換えるともっと生々しくなると思うのだが……？「妊《にん》娠《しん》させる」とか。

「それが、どっちでもないのです。いわばハーフで。人と蜘蛛の両方の特徴を備えた雑種となります」

「……ふむ」

「レベルを上げて、上限レベルにまで到達すれば、進化して、完全なスケルティアになることもできますが……。まあ大抵は、そうはなりませんね」

「なぜだ？」

「モンスターからも疎《うと》まれ、人間からも疎まれる、中途半端な存在だからです。生まれた子は、そう長いこと生きることはありません。……大抵は」

モーリンは「大抵は」と、そう言った。

何事にも例外がある、ということだ。

その例外が、あの娘だったというわけか……。

モンスターからも、人からも疎まれ、一人で、逞《たくま》しく生きてきたわけか。

言葉は話せたようだが、喋《しゃべ》りかたが、たどたどしかったのは、そのせいか。

〝他人〟と接することが、ほとんど、なかったのだろう。

「あの。マスター？　まさかとは、思いますが……？」

モーリンは、じっとりとした目を、俺に向けてきた。

「ん？　ああ、いや……」

俺は、ちょっと、いいかなー、とか思っていた。

あの目がなー。

俺は、ちらりと、アレイダに目をやった。

「え？　なに？」

こいつもなー。木檻《きおり》に入ってた頃はなー。

精悍《せいかん》な野生の獣みたいな目をしていたんだがなー。

暖かいベッド。美味《おい》しい食事。たっぷりの湯を使える風呂。

そんな暮らしでふやけてしまって、なんかもうすっかり〝駄犬《だけん》〟だなー。

駄犬の目だなー。

その駄犬を、俺は――。寄生させず、パラサイト奴隷《どれい》にならないようにと、厳しく躾《しつ》けて、自立させようとしている最中だった。

誰か俺を褒《ほ》めてほしい。

「なに？　なんなの？　なんなのその目？　――なにが言いたいのーっ!?　言ってよ！　……

言ってください」

「もう。ほんとに。しようがないですね。マスターが悪趣味なのは、いまにはじまったことではないですし」

「え？　……悪趣味？　あ、あの……、私、買われたの……、悪趣味なんですか？」

「さあ。……どうでしょうね？　わたくしは、マスターが楽しくて幸せであるなら、それでいいので……。マスターに聞いてくださいな」

モーリンは楽しげに笑っていた。

◇

「このあたりですか？」

翌日、例の盗賊《とうぞく》娘と出会ったあたりに、三人で出向いた。

モーリンはメイドの格好ではなく、賢者のローブ姿。

メイド姿のときよりも、人目を引いてしまう。

メイドは最近金持ちのあいだで、使用人にその格好をさせるのが流行しているらしく――街を歩いていても、誰も気にしてこない。

だがこちらの格好だと、さすがに目を引く。

何気なく身につけている装備の一個一個が、伝説級の装備だったりするからだ。

それが分かる者はあまり多くはないが——。ぎょっとした顔で振り返ってくるのが、それだ。

「これでは目立ってしまいますね。……こんど、初心者向け装備の一式を揃《そろ》えておきます」

モーリンはそう言った。

まあな。

魔王倒しに行こうってんじゃなし。ラストダンジョンに挑もうっていうんじゃなし。神を倒しに行こうっていうんじゃなし。

そこらの武器屋、防具屋、魔法屋で売ってる、既製品の量産品で充分だ。

「まだこのへんにいるとは限らないんじゃないかしら？　……昨日のことがあったから、居場所を変えているかも？」

「余裕で逃げていったからな。また来ても、すぐに逃げられると、たかをくくっているだろうさ」

俺は言った。

それに蜘蛛系のモンスターには、巣を作って定住するという性質がある。その性質があの娘にも引き継がれているとは限らないが……。

「では。探しましょうか」

とん——と、賢者の杖《つえ》を、地面についた。

《敵感知》のスキルを発動させる。

同じスキルではあっても、モーリンのスキルＬｖは、いまの俺とは比べものにならない。

感知範囲は、街一つぶんにも及ぶ。

「見つかりました」

「どこだ」

「マスターの真上ですね」

「真上？」

俺は真上を見上げた。

なにも支えるものもない、路地の空。

そこに、糸にぶらさがった、娘がいた。

身につけているのは、ボロのマント一枚きり。体には、きれぎれの布を巻き付けているだけという姿。

そんな服ともいえない、ほとんど半裸か全裸かっつー姿で、頭が下で足が上、という、上下逆の、さかさまの状態でぶらさがっているものだから——。

大変、よろしい姿になっていた。

「よう」

頭上一メートルにいる娘に、俺は、片手を上げて挨拶《あいさつ》をした。

「スケ……。は。ばれた。」

「そうか。バレたのか。ところで、なにがバレたんだ？」

「また。ぬすむ。」

なるほど。

しかし……。

逃げるどころか、向こうから近づいてくるとは。

「すっかりカモ扱いされているな」

「カモって、なに？」

「説明は難しいな」

カモがネギを背負って——なんて慣用句は、異世界にはないし。

「まず昨日盗んだ俺の財布を返せ」

娘に言った。革袋が降ってきた。

「中身もだ」

「スケは。かえさない。」

「俺の物だ。返せ」

「スケの。もの。」

強情な娘だった。素直に返してきたなら、すこしは手心を加えてやってもいいかと思ったが……。

お仕置きタイムだ。

俺は頭上に向けて、炎の魔法をぶっ放した。

張り巡らされている糸を、広く焼き払うための、ファイアボールの魔法だ。

「あつい。」

糸を焼かれて、娘は地上に落ちる。

素早く動いて、また建物の壁に向かう。

平面でしか動けない人間と違って、立体機動できる蜘蛛子《くも》は、立ち回りの位置取りが独特だ。

だがそちらに動くことは、わかっていた。

俺はすでに先回りして、蜘蛛子の前に立っていた。

「剣でも牙でもいい。おまえの誇りにかけて誓え。俺が勝ったら、おまえを俺の物にする」

「スケが。かつよ？」

「そうしたら。おまえの好きにしろ」

「たべていい？」

食うのかよ。

俺は、にやりと笑った。

「ああ――！　おまえが勝てたらな！」

盗賊《とうぞく》の蜘蛛子と、俺の一騎打ちがはじまった。

◇

結果。

俺の勝ち。

圧勝……、と、言えるほどではなかったが。

まあ、勝った。普通に勝った。

しかしレベルがもう少し足りなかったら、ヤバかったかもしんない。

初心者ダンジョンを制覇《せいは》したくらいで、調子に乗らないほうがいいな。

もうすこしレベルアップしておいたほうがいいっぽい。

捕らえた蜘蛛子は、お持ち帰りした。

ずっと一人で生きてきて、色々、常識に欠けているようだから、これから〝教育〟してやらんといかんだろう。

しかし……。

どうして、こう、うちにやってくる娘たちは、最初、小汚いんだ？

#015.

盗賊娘を躾けよう

「なまえ。もらた。はじめて。うれしい。」


盗賊娘を、お持ち帰りにした。

蜘蛛子を糸でぐるぐる巻きにして拘束《こうそく》してやった。イモムシ状態にして、肩に担《かつ》いで運ぶ。

自分自身の糸で拘束してやったのが、ちょっとだけ爽快《そうかい》だった。

蜘蛛子のほうは、悔しそうにしている。

さっきまで暴れていたが、無駄だと悟ると、すっかりおとなしくなった。

まるで無抵抗の梱包《こんぽう》済み蜘蛛子を、肩に担いで、俺は意気揚々《ようよう》と屋敷への道を歩いていた。

後ろをアレイダとモーリンがついてくる。

「オリオン……、ご主人さまって……、強かったんですね」

後ろをしずしずとついてくるアレイダが、そんなことを言った。

「すくなくともおまえよりはＬｖが上だしな」

俺はそう返した。正確なＬｖは測定しにいってないのでわからない。

……が、モーリンとダンジョン制覇したときに、だいぶ上がった気がする。

それも単なる制覇しただけの〝到達者〟とはわけがちがう。一階からはじめて十階まで、モンスターを〝根こそぎ〟にしていった。アレイダもソロの〝到達者〟なわけだが、エンカウントした相手と戦うだけなのと違って、俺の場合は、通常の数倍は経験値を稼《かせ》いだはずだ。

もっとも、俺の目当ては「経験値」でなくて、「金」のほうだった。まあ金のほうも十階層までのモンスターを根こそぎにしてやって、アレイダのときの数倍は稼いだわけだが。

「戦っているところ。はじめて見ましたから……。本当に強かったんだって、納得しました」

アレイダはそう言った。

「そうだったっけ?」

一緒にダンジョンに入ったろうが?

「回復魔法を掛けていただけじゃないですか。強いかどうかなんて、わかりませんよ」

なるほど。そういえばそうだった。

俺は一切戦っていなかった。アレイダが一人で戦っていた。死にかけていて、やっぱいなー、とか思っていても座視していた。

死んだら死んだで、帰るかな。――ぐらいのつもりでいた。

俺の〝本気〟はアレイダにも伝わっていたことだろう。〝必死さ〟が段違いだった。「いざとなったら助けてもらえる」という甘えがあるときと、「この人は助けてくれない」と確信できているときとでは、人間、育ちかたが段違いになる。

俺の育成方法は〝モーリン式〟だった。

つまり、後者だ。

そのおかげで、アレイダの前では一度も戦っていなかった。

今回、蜘蛛子を懲《こ》らしめてやるために、ちょいと本気を出してみたわけだが……。

アレイダはいまLｖ13だ。

あまりにも実力が違いすぎると、どれだけ凄《すご》いのかわからないものだ。

二～三倍程度、違っているあたりが、最も違いがよく感じられる。

Lｖ13となったアレイダには、俺と自分とのあいだに、どのぐらいの差があるのか……。戦いを実際に見ていて、よくわかったのだろう。

そして敬語が増えた。

こいつ。ほんと。わかりやすいな。

「しかし……、見直す前は、いったいなんだと思ってたんだ？」

「え？　そ、それは……」

「怒らないから言ってみろ」

「怒らない？　ほんと？　ほんとに怒りません？　じゃあ言いますけど……。ただのエラそうな人だと。口先だけの」

はっはっは。

俺は笑った。

正直だ。こいつ。

「まあ。おまえを買う前日くらいまでは、Ｌｖ１だったからな」

「え？　うそ？　……それって、うそ？　……ですよね？」

「おまえだってダンジョンに潜る前は、戦士Ｌｖ１だったろうが」

「それは……、そうですけど……」

現代世界でネトゲに慣れていた俺には、これぐらいのパワーレベリングは、大したことのないように思えるが……。

ひょっとして、この世界に存在しない概念《がいねん》を、持ちこんでしまったのだろうか？

パワーレベリング自体は、そう難しいものではない。

自分よりチョイ上の敵と戦い、死にかけるような目に遭《あ》うだけだ。

戦闘後に回復。すぐにまた連戦。それを延々と繰り返すだけ。

二四時間もしないうちに、目鼻のつくＬｖには上がる。

そんな話をしているうちに、屋敷へと着いた。

◇

「さて。どうしたもんか」

自分の糸でぐるぐる巻きとなった蜘蛛子を、ぼてっと床の上に置く。

戦って勝って、ゲットして、お持ち帰りにするところまでは、心が高揚《こうよう》していたのだが……。

いざ持ち帰ってみたら、どうしようか？　と思ってしまった。

ほら。たとえばネトゲで、素材を山のように狩って――。終わってみたら、さて、こんだけの量、どうしよう？　っていう感じ？

あるいは、リアルのほうだと、セミだのザリガニだの、たくさん捕まえて持ち帰るまではウキウキだが、家に着いてみたら、さてどうしよう？　っていう感じ？

セミでもザリガニでもなくて、蜘蛛なわけだが。

「なあ。おい。おまえ。ごめんなさい――を、する気はあるのか？」

蜘蛛子は、ふて腐れているのか、地面に転がされたまま身動きもしない。

俺は髪を掴《つか》んで、その頭を持ちあげた。

「答えろ」

「ちょ――ちょ！　オリオン……、さまっ！　――乱暴はやめなさいよ？」

アレイダが割って入る。

俺のかわりに蜘蛛子に聞く。

「ねえ貴女《あなた》……？　私のときとは違うんだから。お財布返せば、帰らせてもらえるわよ？」

「ごめんなさいをしたら、だ」

俺はそう付け加えた。

「ほら。ごめんなさい。……貴女、〝ごめんなさい〟ぐらい……、知ってるよね?」

アレイダが聞く。

だが蜘蛛子は「なにそれ?」って顔をしている。

「スケ……。は。あきらめてる。」

蜘蛛子は言った。

「いや。諦めないでよ」

「スケ……。は。まけた。まけたら。くわれる。これ。だいしぜんの。おきて。」

「え? 食べる……って? 食べない食べない! 食べないから! ……食べませんよね? ねっ?」

「ある意味。食うことは、あるかもしれんなぁ」

俺はとぼけた声でそう言った。

「マスターはケダモノですから」

モーリンがコメントする。

「………」

アレイダが、すげえ嫌そうな顔をした。オヤジくさっ。――とでもいう顔で。

俺はちょっとだけ傷ついた。

「おい。おまえ。ずっと縛《しば》られたままなのは、嫌だろう?」

俺は床の蜘蛛子に向けて、声を投げた。

「たたかう。まえに。やくそく。〝まけたらおまえのものになる〟」

「ああ。そう言ったっけな」

かわりに俺が負けたら――なんだったたっけ？

食われるんだっけ？

うっわー。こっえー。蜘蛛子こえぇー。

本当に文字通りの意味だったか。

まあ勝ったのだから、問題はないが。

「俺のものになるっていう意味……。わかるか？」

「スケ……。は。よく。わからない。」

「奴隷になるっていうことよ」

「違う」

アレイダが横から言ってきたので、俺は言った。

「どう違うのよ？」

「俺のそばにいて、俺の言うことを、ずっと聞くっていうことだ」

「一緒じゃないの」

「違うさ。――たとえばモーリンは、奴隷じゃないからな」

「はい。わたくしはマスターのものですので」

隷従《れいじゅう》の紋は刻んであるが、使ったことはない。

使え使えと、よく言われる。奨励《しょうれい》される。だが一度も使ったことはない。

ああ。いっぺんだけあったか。

前々世で、魔王と決着をつけにいったとき――。モーリンを置き去りにするために、紋を使って〝命令〟した。

「なぜ?」

「ん?」

蜘蛛子は床から言う。

「なぜ。スケ……。が。ほしい?」

「はて。なんでだったかな」

「うまそう?」

「いや。だから食わんって……」

発想をそこから離せ。この野生児め。

「意外と美味《おい》しいですよ。マスターの世界の生き物でいいますと、〝カニ〟というものに似た味とのことですけど」

「ほー。カニか」

そりゃ高級品だな。

「まー。とりあえず、このまま玄関に転がしておくわけにもいかんしな」

俺は糸の端を握ると、床の上をずるずると引っぱっていった。

「ちょっと！　ちょっと！　引きずるのやめなさいよ！　かわいそうでしょ！」

アレイダが騒いでいる。

俺は気にせず歩いた。

向かう先は――、例によって〝厨房《ちゅうぼう》〟だ。

「え？　ちょっ……!?　ちょ――！　まさか……？」

この間の記憶がフラッシュバックでもしているのか、アレイダは厨房の敷居をまたがずに、立ち止まっていた。

「まさかまた！　アレで洗わないわよね！　アレで女の子洗ったりしないわよね!?」

アレイダは大声で騒いでいる。

うるさいな。もう。

まったく――。

うちにやって来る娘たちは、どうしてこう、最初は小汚いのか。

さっき肩に担いでいたときにも――じつは、けっこう、きつかった。

いろいろ話すにしても、メシを食わせてやるにしても、この汚さで屋敷のなかをウロつきまわれるわけにはいかない。

よって、第一にすべきことは、まず、決まっていて——。

「おお。そうだ。モーリン。〝アレ〟——探してきてくれ」

「はい。〝アレ〟でございますね」

モーリンは〝アレ〟がなにかも問わずに探しに行った。

このあいだ、あそこのアホ娘がダンジョンで折っちまったが、もう一本ぐらい、どこかにあったはず。

蜘蛛子の体をぐるぐる巻きにしてあった糸を、ナイフで、ざっくざっくと、切り開いてゆく。

自由になったら、襲いかかってくるかと、そう思っていたが——。

そんなこともなく。

糸を解かれた蜘蛛子は、厨房のタイルの上にぺたんと女の子座りをして、俺を見上げている。

こうして明るいところでよく見ると、ハーフ・モンスターといえども、人間の女の子と、そう変わったところはなかった。

手首の付け根に、糸を射出する場所がある。イボみたいなところが、きっとそうなのだろう。

髪の色は、ちょっと人では見かけないぐらいの色だ。青みがかった銀髪で——。まあしかし、このファンタジー世界において、銀髪ぐらい珍しくもないか。

まだ現代世界の感覚が抜けきっていないようだ。あちらで過ごしたのは三〇年以上か……。

長かったもんなー。

あと違いがあるといえば……。

額のところ。二つある本物の目の上の、おでこのあたりに、赤い菱形《ひしがた》の突起が幾つか並んでいた。

クリスタルみたいな光沢《こうたく》のある色合いで――。

俺は指先でそこに触れてみた。

「さわるの。だめ。」

さわってみたら、怒られた。

そして、どしゅっと――俺の目に、指が突きこまれた。

「なにをする」

手を捕まえて、俺は聞いた。

目潰ししてきたろ。――いま？

「め。さわるの。だめ。」

「それは〝目〟か。……なるほど」

そういや蜘蛛って目が幾つもあったっけ。

そこの性質を受け継いでいるわけか。

「なるほど。〝目には目を〟ってやつだな。あっはっは」

目を触られたから、俺の目も触ってこようとしたのか。

「悪かったな。もう触らない」

「わるい？　……って。なに？　スケ……。は。しらない。」

おお。一人で生きてきた、言葉も怪しい野生児の蜘蛛子は、そもそも「善悪」の観念から、持っていなかったらしい。

「マスター。〝アレ〟をお持ちしました」

モーリンが〝アレ〟を持ってやってきた。

〝アレ〟だけで伝わるとは、さすが――モーリン。

俺は〝アレ〟を――デッキブラシを構えると、顎《あご》で蜘蛛子に促した。

「裸になれ。そしたら、自分でそこの水瓶《みずがめ》から水を汲《く》んで、頭から浴びろ。――洗ってやる」

「だめ！　やめて！　やめなさい！　――犠牲者は私一人で充分だからっ！」

アレイダが叫ぶ。

うるさいし。

蜘蛛子は――素直に俺の言うことを聞いた。

ざばー、っと、頭から水を浴びる。ぶるぶるっと動物みたいに首を振って、水を跳ね飛ばす。

「よし。じゃあまず。背中からな」

蜘蛛子を、タイルに寝かせる。その背中にブラシをあてる。

「蹴《け》った！　いま蹴った！　蹴り倒した！」

アレイダが叫んでいる。

うるさいし。

その背中を、ごしごしとやる。ブラシで洗う。

「もうちょっと優しくやってあげなさいよ！　可哀想《かわいそう》でしょ！」

アレイダが叫んでいる。自分のことみたいに騒いでいる。

うるさいし。

そういや。こいつに何か名前がいるな。

いつまでも「盗賊娘《とうぞくむすめ》」とか「蜘蛛子」とか呼んでいるわけにもいかない。

「おい。おまえ。……名前は、なんて呼べばいい？」

背中からお尻にかけてブラシを掛けてやりながら、俺は聞いた。

肉付きが薄く、少年みたいなお尻だが、いちおう女の子のそれである。本物の蜘蛛と違って、お尻には糸を吐く器官はないっぽい。

まったく普通のお尻である。

「……おい？　きーてんのか？」

目を閉じていた蜘蛛子は、はっと――目を開いた。

アレイダのときには、ぎゃあぎゃあ騒いでいたが、こいつの場合には、このくらいの強さでもちょうどよいようで――。

　なんか、うっとりと目を閉じている。

「はっ。うっかり。おもわず。」

「おまえの名前だ。……なんて呼べばいい？」

「すけるてぃあ。」

「それは名前と違うんだよなー」

　いわゆる種族名というやつだ。俺の聞いているのは個体名というやつで……。

「スケ……。は。なまえ。ない。」

「名前がないのか。……じゃあ、その、スケってやつでいいか」

「かわいそうよ！　もっとちゃんとつけてあげ――」

　アレイダが騒いでいる。

「だまれカクさん」

「は？　……なに？　カクさん？」

「おまえ。まえにカークツルスとか言ってただろ。だからカクさんだ」

「いえ、それは部族名で……」

「こいつのも種族名だから、似たようなもんだな」

「そんな、いいかげんな……」

「とにかく、こいつの名前はスケだ。それで決まりだ。俺が決めた。俺がルールだ」

「そんな横暴な……」

「スケ……。は。うれしい。なまえ。もらた。はじめて。」

うつ伏せた蜘蛛子は、俺にごしごしと背中を洗われながら、にいっと口許《くちもと》を歪めた。

ああ。うん。

笑顔はあんまり上手《うま》くないな。これから覚えないとな。

肉食獣の舌なめずりに見えたぞ。いまそれ。

「よーし、ひっくりかえすぞー。こんどは前なー」

ひっくり返して、こんどは前を洗ってやった。

今日のご主人様は、いっぱい、働いた。

はーい、エルマリアですー♪

未読

みてます！　みてます！　みまもってまーす！　一級管理神の見守りサポートは、無料でぇす♪　（既読）つきませんけどー。今日も張り切って、見守ってまぁーす♪

未読

オリオン（仮名）さん。お友達……？　二人できて、よかったですねー。いいですねー

未読

でも、なんだかー？　お友達？……というのとも？　ちょっと、ちがう気もするんですけどぉー。わたしー、女神なんでー、ニンゲンさんのことは、よくわからないんですよぉー

未読

第四章

お供と一緒

jicho shinai motoyusya no tsuyokute tanoshii......New game

#016. 元勇者のたのしい授業

「ころす。たべる。どっちも。だめ？」


「では一時間目の授業をはじめる」

俺は〝教壇《きょうだん》〟に立つと、二人の〝生徒〟を前にそう言った。

無駄に部屋数の多い屋敷の一室を〝教室〟にした。

〝生徒〟は、スケさんとカクさん。──じゃなくて、スケルティアとアレイダの二人。

そして〝教師〟は、俺とモーリンだ。

元勇者と、元勇者の〝師匠《ししょう》〟だった女だから、たぶん、この世でこれ以上の教師はいない。

「なんでオリ……ご主人さまが教えるんですか？　モーリンさんなら分かりますけど」

だがうちの娘たちの生意気なほう──カクさん、じゃなくて、アレイダは不満そうだ。

「おりおんが。おしえる？　スケ。おそわる？」

うちの娘たちの素直なほう──スケルティアは、目をまんまるに見開いて、俺をじっと見つめてくる。

人間社会で暮らしたことがないせいか、彼女は、正面から目線を完全に重ねてくる。

じっと覗《のぞ》きこまれるような視線を向けられると、ちょっと面映《おもは》ゆいが、べつにわるいことではないので、俺はなにも言っていない。

「すけ。おそわるの。はじめて」

スケルティアは無表情にそう言った。ちょっと嬉しそう。

学習意欲は、たいへん旺盛《おうせい》だ。

「わ……。私も〝がっこう〟とか行くの……、ちょっと憧れていたから……」

アレイダもそう言った。こっちも、ほのかに嬉しそう。

「ではまず。一般的な道徳からいくぞ」

俺はそう言った。

授業を開始する。

「人は、殺してもいいのか？　――どう思う？」

「え？　ちょ――？　そこからぁ？」

アレイダが声をあげる。

だが相方のスケルティアにしてみれば、そこから必要だろう。

「どっちの？　ひと？」

「どっちとは？」

質問に質問で返される。

人っていったら人だろう？　種類とかあったっけ？

「マスター。人間とモンスターのことを聞いているんだと思いますよ」

モーリンがそう教えてくれた。

ああ。なるほど。両者の中間にいるスケルティアからみれば、どちらも等距離か。

「スケ。それは片方はニンゲンと呼ぼう。もう片方はモンスターだな」

「ん。わかた。」

スケルティアは言った。

そして俺の目をまたじっと見てくる。

素直だなー。

やべー。ちょっと可愛《かわい》くなってきたー。

「なんだか、とってもあたりまえなところから、勉強させられている気がするわ……」

もう片方は、なにやら文句がおありらしい。

そっちの可愛くないほうを、俺は指差した。

「じゃあ。カク。おまえ。さっきの問いを答えてみろ。——人間は殺していいのか？」

「え？　私？　……え？　そ、そりゃあ、いけない……でしょう？」

「相手がおまえに襲いかかってきたときには？」

「え？　そ、そりゃあ、応戦しますけど……。まあ殺さないで済むなら、手加減くらいはしますけど」

「そういやこの前、冒険者ギルドで絡まれていたときに、おまえ、相手のことを、ぶっ殺しは、していなかったな」

「あたりまえでしょ」

「――では？　山で山賊《さんぞく》。海で海賊《かいぞく》。ダンジョンの奥で盗賊《とうぞく》に出会ったときには？　金や品物目当てのときもあるが、相手はだいたい殺すつもりできているな。金や品物を渡したからといって、無事で帰れるとも限らん。――特に女は」

「殺すわ」

アレイダは即答だった。

据わった目になって答えた。

うむ。よい返事だ。

そして、よい目だ。

俺が買ったのはあの目だな。最近の駄犬《だけん》のほうの目じゃないな。

「では。殺していい場合と、殺してはいけない場合とがあるわけだ。……その違いは？」

「うまくない。まずい。とき。」

スケルティアが即答。

だがその答えは、エキセントリックすぎる。

「いや。食わん。……仮に、やむを得ず殺した場合でも、食っちゃいかんぞ？」

「もんすたー。は？」

「それは食ってよし」

「ニンゲンは。たべない。どうぶつと。もんすたー。は。たべる。」

スケルティアは理解したっぽい。

「ちなみに、念のため聞いておくが。……これまでに、人間を食っちまったことは？」

「まだ……。ない。」

「そうか。すこしだけ安心したぞ」

「あれ？　ねえスケさん……？　でも貴女《あなた》、オリオンのときには、勝ったら、食べる、とか言ってなかったっけ？」

「それは。ちがう。いみ。」

「そ、そうなんだ……。ち、ちがうって、どんな？」

「しみつ。」

「……で、おまえの答えは？　カク」

「だからそのカクってなんなの？　……ええと。襲われたときとか。身を守るときとか」

「こちらが襲いに行くこともあるんじゃないか？」

「じゃあ、ええと……。戦い、になったときとか？」

すこし考えて、アレイダは正解を出してきた。

「そうだ」

俺はうなずいてやった。

生徒が自力で正解に辿《たど》り着いたときには、そう答えてやるのが、教師の役目だ。

「敵と命のやりとりをしているときには、殺してもよい。――具体的にいうなら、向こうが武器を持っていて、それの行使をチラつかせたときなどだな。つまり武装しているかどうかだ」

さらに俺は続ける。

「交渉や取引などの平和的方法以外の、脅《おど》しや暴力による解決をはかろうとした相手にも、まあ時や場合や程度にもよるが――殺してかまわない」

非武装だからといって平和的とはかぎらない。すぐに刃物を取り出すチンピラよりたちの悪い悪党だっている。

「それはちょっと乱暴すぎないかしら?」

「乱暴されるのが嫌なら、暴力的な手段に出なければいいんだ。暴力をふるう時点で、自分が暴力にさらされることも、覚悟すべきだ」

こちらの世界に比べれば、いくぶん平和な向こうの世界にも、そういう不文律《ふぶんりつ》はあった。

銃を持っていい者は、撃たれる覚悟のあるやつだけだ。――みたいな感じ。

こちらの世界に比べると、あちらの世界は、ひどく平和だったなー、と思う。

特に日本とか。

「なお、この原則は自分たちにも適用される。……俺たちも、武器を持っている以上、やられて泣くのは、なしなわけだ」

「ふぁいと。あんど。いーと。まけたら。くわれる。これ。だいしぜんの。おきて。」

スケルティアが深々とうなずいている。

「いや。だから食わんって」

そこは訂正《ていせい》しておきたい。

「そっか。……そうよね。動物の狩りをするときなんかも、もし狩りに失敗したら、こちらが食べられちゃうものね……」

アレイダが納得している。

そういえばこいつは、辺境の滅びた部族の出身だったか。

「ちなみにですね」

――と、そこでモーリンが口を挟む。

「冒険者ギルド的には、自衛のための戦闘は容認されています。ギルド外の人員を殺傷した場合には、自衛であったならお咎《とが》めなし。ギルドメンバー同士で抗争があった場合には、呼び出しを受けて事情聴取をされたり、場合によっては罰則が適用されることもあります。このあいだのギルドでの、カクさんのケンカ沙汰《ざた》は、あれは衆人環視《しゅうじんかんし》のなかだったので自動的に自衛となりました。……ギルド所属の冒険者同士で争うことがあるときには、なるべく、衆人環視のなかで行うか、立ち会い人を付けたほうがいいですね」

「カクさんになってるし……。争う予定になってるし……」

「おまえは美人だからな。狙ってる者も多いみたいだぞ」

「そ、そんな……、び、美人っ……、とかっ！　か、関係ないでしょ？　……ないですよ？」

あはははは。からかうと面白い。

まあ「美人」の部分はともかくとして──。

Ｌｖ13の戦士をギルドに連れていったときの、周囲の目がけっこう熱かった。「仲間に欲しい」的な目のほうだ。

この世界は現代世界ではない。

〝法律〟──に相当するものは、ないこともないのだが──。

それは所属団体内だけの「ローカルルール」のようなもので──。

世界全体に通用する──いわゆる向こうの世界における「法律」というものは存在していない。基本的人権ってなに？　それおいしいの？　──的な世界だ。

そもそも「権利」という概念《がいねん》が発明されているのかどうか、怪しかったりもする。

この世界における「法律」は、組織と組織の間における「約束事」であり、約束を破らないことと、破った場合の罰則を決めているだけに過ぎない。

はじめ、こちらの世界に転生した直後に、モーリンが言った。

ギルドに所属していないと人権もない。──と。

これは正確に言うと――。

ギルドに所属していても、やっぱり「人権」はないのだ。

あるのはギルド員としての権利だけ。

いわゆる「基本的人権」というものは――。

人は生まれながらに「権利」を持ち、生命を守られ、財産を守られ、そればかりか「自由」や「名誉」まで保護されるとなっている。

人は生まれながらにして、自由であり平等である、という思想だ。

この異世界においては、それは「幻想」だ。

ギルドが保証するのは、ギルドメンバーとしての保護と加護だ。

たとえばギルドメンバーが、どこか外の組織との間で不都合を負った場合には、ギルドがその組織と交渉を行って、解決してくれる。

たとえばどこかの国で不当に逮捕されても、ギルドメンバーであるなら、ギルドによる仲裁《ちゅうさい》や救済を期待してもいい。

冒険者ギルドは、多くの国家間とも繫《つな》がりを持っているので、多くの国家で身分が保障されることになる。

なぜギルドが構成員のために動いてくれるのかというと、「基本的人権」があるからとかでは、まったくなくて――。それがギルドの「利益」に繫がるからだ。

すべての仕組みは、シンプルで、単純だ。

ギルドは個人を「役に立つ」ので「守る」わけだ。

たとえばさっきの、ギルド員同士で抗争があった場合の話だが——。

いったんギルドが争いを預かり、その裁定を下すことになる。そのときに最も大きな判断材料となるのは、「正義」とか「道徳」とかでなくて、「ギルドの都合」だ。

ぶっちゃけ、ギルドに対しての貢献度が大きい者のほうが「正しい」ということになる。

モーリンがギルドにとって、どういう位置にいるのか、いまひとつ、はっきりわからないが……。

立場を隠していなければ、「かつて世界を救った勇者の仲間」の「大賢者」ってことになっているはずで——。

ああ。うん。なんか最強ポジションだな。

まあ、さすがにそれだと、気楽に出歩かせてももらえないだろうから、立場を伏せて、実力の一端だけを示して見せて、ギルドの「顧問《こもん》」をやっている程度なのだろう。

「法と秩序に関しては、そんなところだな。おさらいをするぞ。——スケ。敵はどうする？」

「ころす。」

「ころさないでも済むような。ザコやチンピラなら？」

「いかす。」

「よし。そうだな」

俺はうなずいた。

「にどと。はむかえ。ない。ように。いたくする。」

「よし。いいぞいいぞー。それでいいぞー。……で、カクは？」

「だからカクってなんなの……。ええ。自分の身は自分で守るわ。私はいま貴方《あなた》の〝財産〟ですから。ご主人さまの財産を損《そこ》なうようなことはしません。――これでいいの？」

「よし。いいぞいいぞー」

俺がスケルティアとおなじように褒めてやると、アレイダはちょっと嬉しそうな顔を見せた。

「まあ。他の細々《こまごま》としたことは、おいおい、教えてゆくとして――。いちばん大事なところに関しては、そんなもんだな」

スケルティアは、こくこく、と、うなずいている。

「さて。それではマスターにかわりまして、二時間目は、わたくしが……」

モーリンが前に出る。俺はちょっと脇に下がった。

「つぎの時間は……。読み書きですね。文字の読み書きができないと、色々と、不自由することも多いですから」

「もじ。って。なに？」

スケルティアが、きゅるんと首を傾《かし》げている。

まあ。そこからだろうなー。

「あっ――。私も共通語はちょっと苦手で……。教えてもらえると、嬉しいかもっ？」

なんだ。字も読めなかったのか。

どこかの部族の族長の娘っていってたから、いちおう小さくても姫様ポジションじゃないのか？

「ええ。教えますよ」

そんなポンコツ姫に対しても、モーリンは、にっこりと柔和《にゅうわ》に微笑《ほほえ》んだ。

「……では。マスター。あちらへどうぞ」

「ん？」

モーリンがなにか言っている。

「……あっちって、どっち？」

「あちらの席へ」

スケルティアとアレイダと、二人は並んで座っている。

その並びに、もう一個、席が用意されていた。

モーリンは顎《あご》で、その席を指し示す。

「え？　……俺？」

俺は自分の顔を指差して、モーリンにたずねた。

「ええ」

モーリンはうなずいた。

「マスターも、読み書き、できませんでしたよね」

「いや。俺はいいって」

「……字。書けないと。困りますよ?」

モーリンはニコニコと微笑んでいる。

「い、いや……。そのうち思い出すだろ。だからいいって」

「そうですね。教われば、すぐ、思い出すかもしれませんね」

モーリンはニコニコと笑っている。

その笑顔の迫力に俺は負けて——一度も勝てた覚えはないのだが——おとなしく、席に座った。

「なによ。偉そうにしていて。私たちと、おんなじじゃない」

うちの娘たちの生意気なほうが、そう言う。

「おりおん。おなじ。スケ。と。まなぶ。」

うちの娘たちの素直なほうが、そう喜んでいる。

二人は言ってることは真逆だったが、その顔はおなじで——微笑んでいる。

俺は、まあ、いいか——と、おとなしく席について学ぶことにした。

#017. お供を連れてダンジョンへ　「れべる。あがたよ。」

いつものダンジョンへ、俺は二人を連れて出かけていた。

「カクさんには攻略済みで退屈かもしれんが、まあ、スケさんの訓練だと思ってつきあえ」

「だからそのカクさんってなんなの……?」

「なんだ?　ヤジさんとキタさんのほうがいいのか?」

「ますますわからないわよ……」

と、アレイダは斧《おの》を構える。

このあいだ攻略したときの最初の装備はモップ。そのうちに銅製の剣になり、鉄製の剣になり、最終装備は大きな戦斧《せんぷ》となっていた。

「スケ……さんにも、なにか買ってあげなさいよ。武器とか防具とか」

アレイダは隣に立つスケルティアに、ちらりと、目をやった。

「武器や防具なんか、戦っていれば、そのうち、なんか出る」

「ひっどい」

「それにスケのやつは、盗賊《シーフ》タイプだからな。案外。素手で普段着のほうが、戦いやすいかもしれんぞ」

「ん。スケ。たたかうよ。」

スケルティアは腕を構えてみせる。

普通の人間とは構えが違う。手首から糸を撃つのが彼女の戦闘（捕食？）スタイルだから、それに応じた構え。

「さあ。行くぞ。――ついてこい」

「あっ――ちょ、ちょ!?　待って待って！」

「ん。スケ。ついてく。」

赤いのと青いの。

うるさいのと静かなのを連れ立って、俺は歩いた。

◇

一階から三階までは、エンカウントした敵を、火の粉《こ》を払う目的で倒しただけで、四階までまっすぐに進行した。

四階からはモンスターの構成が変わる。ちょっと強い顔ぶれにチェンジする。

一～三階までが本当の駆け出し向けなら、四階より下は初心者向けというあたりか。

勇者業界における強さの分類基準は、だいたいこんなもんである。

駆け出し。

初心者。

初級者。

中級者。

上級者。

達人(マスタークラス)。

伝説級。


世界の命運を賭《か》けた戦いは、だいたい、上二つあたりの連中によって行われる。

このダンジョンは、階層によるが、下三つくらいに相当している。階層によって難易度が変わり、最下層が初級者向けとなっている。

つまり最下層でも、勇者業界では、まだまだ「初」とかついちゃう場所なわけだ。

ただしこの分類は勇者業界のものであるから、世間一般の基準とは、だいぶズレがあるかもしれない。

ここだって、そこそこ有名なダンジョンなのだ。

世間一般的にいうなら。

たとえば冒険者ギルドで、アレイダにのされていたあの男とか――。

ああいう市井《しせい》の冒険者たちが、一生を賭《と》して、引退までのあいだに、最下層まで到達して制覇《せいは》できるかどうか。

そのぐらいの難易度はある。

四～七階あたりの中層を、六人も揃《そろ》えたフルパーティで練《ね》り歩いているくらいで、街で、肩で風を切ってデカい顔をして歩けてしまう。

そのぐらいのダンジョンではあるはずだ。

最下層までのモンスターを「根こそぎ」にしてゆくと、屋敷や小さな城が買えてしまう金が手に入るのは、そうした理由だ。

「じゃ。この四階から本格的にやろう。よし。まずはそこの右の部屋からだな。右手の法則で、ぜんぶやってくぞ」

俺は開いていた地図《マップ》を閉じた。

一度到達した場所はオートマップされる。つまり、このダンジョンは、すべてが一望できている。

「なにその便利な能力」

アレイダが文句を言う。

「便利スキルだ。おまえも転職すれば、使えるぞ。探索者《レイダー》か測量者《マッパー》だな」

《勇者》は一般的なスキルのうち、かなりのものを使える。これもそのうちの一つ。

まあ、《魔王》を倒してこいと呼ばれるのが《勇者》なわけで――。このくらいのチートや特典がなければやっていられない。

倒すべき《魔王》がもういない――この平和な世界では、ちょっとオーバースペックかもしれないが。

「カクさん。スケさんのレベルが上がって装備が揃ってくるまで、ちゃんとフォローしてやれよ」

「だからそのカクさんってなんなの……。するけど」

二人は身構えた。

ドアを蹴破《けやぶ》って、戦闘がはじまった。

◇

「ほう。だいぶ装備も揃ってきたな」

「かこいい？」

スケルティアが――。くるりん、と、その場で回る。

ドロップした装備を順番に着せていったら、コーディネートが、なんか忍者っぽくなった。

黒を基調とした布装備で、非常に動きやすそう。闇に紛《まぎ》れるのも容易そう。そして両手には短刀。重い剣と違って軽く握れるものだから、手首から撃つ糸の邪魔にもならない。

「もうすこし着させてあげなさいよ。なんか薄くて……、ハダカとかわんない。やらしい」

「うるさいな。いいんだよ」

俺はそう言った。わかってない。まったくわかっていない。

スレンダーな体を薄く覆《おお》うのがいいんじゃないか。ぴったりフィットしたエロチシズムだ。

「さっきズボンでたでしょ」

あのズボンは、まったくよくない。

防御力もたいして上がらないうえに、なんだあの、ダサい色とデザインは。

ないな。絶対。ないな。

「男のロマンだ。女子供にはわからん」

「スケベ」

一部分、わかっているようである。

「ねえ。スケさん。……連携のことで相談なんだけど。あなた、糸撃つでしょ、そしたら私がね――」

アレイダはスケルティアと戦いかたの相談をはじめた。

ふんふん、と、スケルティアは素直に聞いている。

その戦いかたには、指導すべきところもあったが、俺は二人の自主性に任せることにした。

工夫《くふう》は、どんどんしてゆくべきだ。

多少の間違いや、無駄な試行《しこう》があってもかまわない。

自分の頭で考えて、工夫することに、意味がある。

それがもし致命的にまずいことであれば、俺が止めるし。

二人の考えたそれが、うまくないやりかたであれば、それを指摘するのは、一度「うまくない」ことを自分たちで体感したあとだ。

なぜそれが「うまくない」のか。どうしてダメなのか。

やる前に指摘してやめさせるよりも、実際にやってから指摘したほうが、はるかに「経験値」になる。

この場合の「経験値」というのは、Ｌｖや強さに繋《つな》がるほうのそっちではなく、精神面においての意味合いだが――。

「おい。いつまで休憩してる？　出発するぞ」

「ふふふっ。……オリオン。私たちね。すっごい、戦いかた、考えついちゃったのよー？」

うちの娘たちのうちの調子に乗るほうが、そう言った。

「おりおん。スケ。は。がんばる。」

うちの娘たちのうちの健気《けなげ》なほうが、そう言った。

「ああ。楽しみにしてるぞー」

◇

二人の考えついた戦法というのは、まあまあの、及第点だった。

これまでスケルティアは、捕食者としての本能から、敵を捕らえるために糸を使っていた。

その固定観念の発想から離れると、蜘蛛の糸というものには、いろいろな使い途《みち》が生まれた。

どう固定観念から離れるのかといえば――。

たとえば。

糸を敵でなくて味方に吐きつける。

糸は性質を変えられるので、強度のある糸をアレイダの腕に吐きつけることで、即席の盾ができあがる。

ダメージを受けた場所を覆《おお》って、即席のプロテクターにすることもできる。

また捕獲のための糸の使い途にも、バリエーションが生まれた。これまでスケルティアは、相手に直接吐きつけようとしていた。

本来、蜘蛛の粘着糸というものは、巣を作り、待ち伏せするために使うものだ。もともと動く相手に当てるためのものではないので、命中率は低く、まあ、まぐれで当たったときぐらいしか役に立っていなかった。

しかし、避けない相手であれば、必ず命中させることができる。

だからまず、味方──この場合はアレイダであるが──に対して糸を吐き、二人のあいだに糸を架け渡す。

そして二人が、ただ移動するだけで──。間にいるモンスターは一網打尽《いちもうだじん》だ。すべて糸に絡まって身動きが取れなくなってしまう。

糸一射で行える、超ローコストな、集団麻痺《まひ》魔法みたいなもので──。

この技を編み出してからの二人は、効率を上げてバンバン戦闘を進めていった。

もう、なんつーか……。

戦闘っつーより、これは狩り？　一方的な狩り？

「前に来たとき、この階、私一人でやってたら、けっこう死にそうだったんだけど──」

剣を振りながらアレイダが言う。

「──スケさんとやってると！　ほんと！　楽！」

その言葉に、糸を撃ちながら、スケルティアも応じる。

「……スケも。うれしい。ふたり。で。たたかうの。はじめて。」

まったく危なげなく戦う二人を、俺は、な～んにもしないで見守っていた。

本当に、なにもしていない。まったく戦っていない。

ただ、ぼーっと突っ立って、眺めているだけ。

俺が経験値を奪い取ってもしかたがないので、どんなに苦戦していても手は出さない方針だ。

もっとも、まったく苦戦などしていないが――。

アレイダが振るう武器は、戦斧《せんぷ》から剣へと変わっていた。

レアドロップがあって、魔力を帯びた剣になっている。

この初心者ないしは初級者向け（勇者業界基準）では、かなり幸運なドロップ品だ。

あれ以上のドロップ品は、ここではたぶん出てこないだろうから、アレイダはしばらく女剣士だな。

最初のときに持っていた戦斧は、ポイ捨てだった。

ちょっともったいない気もする。武器屋なりギルドなりに持ちこめば、わりといい値で売れるはず。

市井《しせい》の一般人が、数年は遊んで暮らせる額ぐらいにはなるはず。

帰り道で、もしそのまま落ちて残っていたら、拾って帰るか。

まあ、どうせ誰かが持って帰っているだろうがな。「こんな凄《すご》いのが落ちてた！　ラッキー!?」という感じで――。

「さあ！　こいつらで最後よ！」

例の糸の使いかたで、数体を行動不能にしたアレイダが、声をあげる。

ここは最下層、十階の、最後の部屋――。

最後の一群のモンスターとの戦いの趨勢《すうせい》が、だいたい決したあたりで、俺は声をかけた。

「ひとつ。アドバイスをしてやろう」

これまで、なにもアドバイスはしていない。

そして、ほとんど手出しもしていない。

戦闘後に使ってやる回復魔法も、前回のように、毎回、ゼロ近辺から全快までさせるのではなく、たまにちょっとした小傷を治す程度だった。

そこらの低レベル僧侶《クレリック》でも足りる程度のＭＰしか使っていない。

「なによ。もう。遅いわよ。――こんな最後になって」

「そのモンスター。糸で絡めたろ」

「したわよ？」

「じゃあ、あと、火をつければいいんじゃね？」

「はい……？」

「こうだ」

俺は指先に小さな火球を生み出した。

炎系魔法の、いちばん最初のやつ。

たぶん、どんなにＬｖの低いモンスターでも、この魔法、単体では、致命傷は与えられない。

そんな程度の小さな火球だが——。

俺はモンスターたちを縛っている糸めがけて、その火球を撃ちこんだ。

糸は爆発的に燃焼した。

それに包まれていたモンスターたちも、焼死した。

「蜘蛛系モンスターの糸はよく燃える。——覚えとけ」

「あっ……」

アレイダが口を虚《うつ》ろに開いて、ぱくぱくとやっていた。

これを思いついていれば、もっと戦いが楽になっていた。そのことに思い至った、という顔だ。

うちの娘たちのうちの、調子に乗るほうは、へこんでいる。

「あと、蜘蛛の糸が、火に弱いってことは……。炎系モンスターに対しては、その戦法は使えないってことだな。——これも覚えておけ」

「スケ。は。……おぼえた。」

うちの娘たちのうちの生真面目《きまじめ》なほうは、真摯《しんし》な顔でうなずいている。

「よし。じゃあ。本日の訓練は終了。モーリンが美味《おい》しいシチューを作って待ってるぞ。さあ帰るぞ。——おまえたち。今日はよく頑張ったな」

俺は二人の尻を叩いて、そう言った。

「だからイヤらしいっての」

「にく。はいってる？」

◇

本日のダンジョン攻略――。

二人で最下層十階まで易々と制覇《せいは》した。

もうこのダンジョンでは、二人には簡単すぎるかもしれない。

二人ともレベルがあがった。

アレイダは戦士としてＬｖ20となった。

スケルティアは職業ではなく種族だが。「ハーフ・スケルティアＬｖ20」となった。

アレイダは戦士としてマスターレベルに至った。つまり転職が可能だ。

しかし彼女のＬｖは、カンストしておらず、まだまだ上がるらしい。

この「カンスト」するＬｖというのは、個人ごとに違っている。

転職可能となるＬｖは職業ごとに決まっていて、だいたい20前後だ。

このＬｖを世間一般的には「マスターレベル」という。勇者業界的にいえば、こんなん、ようやくスタートラインに立ったようなもんだが……。

まあ、世間一般的には「達人」と見なされるレベルだということだ。

この「マスターレベル」――「転職可能レベル」に到達できるかどうかが、ある意味で、才能の有無であるといえる。

Ｌｖの上昇がストップしてカンストする「才能限界Ｌｖ」が、どこにあるのかは、人によって違う。

また通常の方法では調べることができない。（通常でない方法なら、調べる方法はいくつか存在している。勇者業界では常識）

通常は、人生を賭《と》して、自分が「何者かになれるか」を確かめてみることになる。

初期値に恵まれてレベルアップも早く、「天才」と言われていても、惜しいかな、才能限界レベルが、転職可能レベルに到達しない者もいる。

その逆に、まったく凡才極まりないやつが、地道にレベルを伸ばしていって、転職して花開く、ということもある。

うちの二人の娘たちが、この先、どう育ってゆくのか。

俺は見守っていきたいと思っている。

#018. 転職？ 進化？ 「つよい。かこいい。」「これカッコいい！」

ちゅん。ちゅん。ちゅん。

たぶんスズメじゃない小鳥のさえずりによって、俺は眠りから覚まされた。

隣にある女体が、静かにその乳房を上下させている。

昨夜は激しかったせいか、まだ深い眠りについている。

俺が目覚めてから数秒後――。

どすどすと廊下《ろうか》を歩いてくる足音が近づいてきた。

あるいは俺が目を覚ましたのは、この足音のせいだったのかもしれない。

もう〝勇者〟ではなくなって、だいぶ、なまってしまったというか、たるみきっているというか――。

まあ職業上は《勇者》ではあるのだが――。世界を救う使命を帯びた存在ではなくなった――という意味である。

ドアが、バーンと開かれた。

「オリオン！　いつまで寝てるの！　もうモーリンさんが朝ご飯を作って――って！　……えっ？」

うちの娘たちのうちの世話焼きなほう――アレイダが、口をあんぐりと開いて俺を見ていた。

いや。俺ではなくて――。その目線の先にあるのは、俺の隣に寝そべる女体のほうか。

「え？　あ……。えっと……。だれっ？」

「リズだ。おまえも知ってるはずだが？」

「え？　し……。しらない……」

「知ってるさ。ギルドでよく世話に——ああ、エリザだったな。本名は」

「な、なら……、しってる」

なんでこいつ、子供みたいに、たどたどしくなってんの？

「な、なんでその……、エリザさんが……、オリオンのベッドで……、ね、寝てるの？　は、はだかで……」

「なんでって？　そりゃあ、おまえ——」

説明せんとわからんのか？

ほんとうに？

「ふあぁ……、ああー……っ、おはよーございまぁす……」

俺とアレイダがうるさくしていたので、エリザが起きた。

大きく伸びをする。

見事なバストが、ぷるるんと揺れる。

この娘。

おっとりしている印象とは裏腹に……、昨夜は、かなりの激しさだった。

そして肉食系。

見かけによらないというか。

俺のほうがむしろ食われたカンジっつーか。

「あ、あの……、エリザ、さん？　……えっと、朝食……、た、食べていかれます？」

アレイダは、なにか、間抜けなことを言っている。

「モーリンさんのごはん……、とてもおいしくて……、私も今朝は、スクランブルエッグっていうのを作らさせてもらって……、ていうか……、私だとスクランブルにしかならないっていうか……」

アレイダは、なにか、ごちゃごちゃと言っている。

「あっ。いえ。戻ります。お仕事ありますしー」

アレイダがごちゃごちゃ長々とくっちゃべっている間に、エリザは下着を拾い集めて身に着け終わっていた。ブラウスに袖《そで》を通して、スカートを穿《は》く。

髪をまとめあげて、きりっとする。

「いつまで見ているんだ？」

女が服を身に着けてゆく様を愉《たの》しむ性癖《せいへき》は、俺にはあるが、アレイダにあるとは思えないのだが――。

アレイダは立ちっぱなしで、ぽうっとした顔で、ずうっと見ているので――。

そう聞いてみた。

「えっ？」

「どかないと、彼女が通れないぞ」

「えっ！　はい！　ご、ごめんなさいっ！」

ぴょんと飛び跳ねて横にどいたアレイダの脇を、エリザは歩き抜けてゆく。

歩くたびに左右に振れるそのお尻を、見えなくなるまで、眺めていた俺だったが――。

アレイダに顔を向けた。

「いつまで見てんだ？」

「べ――べつに見てない！　なんにも見てない！　――って！　うわあ！　服着なさいよ！」

全裸の俺にアレイダが悲鳴をあげている。

「なにをいまさら……」

しかし……。

最近、こいつ、すっかり敬語使わなくなったなぁ。

また〝教育〟しないとだめかなぁ。

◇

「へぇっ……、ウォーリアーかぁ……、でもまだ転職できないなぁ……」

食堂で俺は遅めの朝食を摂《と》っていた。

もう皆は食べおわっていたので、俺が一人でモーリンの給仕を受けている。

「あっ……、これもカッコいい……、クルセイダーかー……、でもこれもまだなんだぁ……。まずナイトにならないといけないのか……」

アレイダがさっきから、ぶつぶつとうるさい。

エリザが昨夜、屋敷を訪ねてきたのは、俺の頼んでいたものを持ってきたからだった。

〝マスターレベル〟に到達した二人のために、職業のカタログを持ってきてもらった。

まあ、そのついでというか、なんというかで、一晩過ごしてゆくことになったわけだが……。

上級職のカタログなど、ギルドに行けば、旅行パンフぐらいの気軽さでどこかに差さっているかと思ったら、奥の〝特別窓口〟に行ってさえ、すぐには出てこなかった。

なんでも、マスターレベルに到達した者は、ここ数年、出ていなかったということで……。

エリザが残業してお手製の資料をまとめてきてくれた。その特別サービスに対して、俺も特別サービスで応じたわけだ。

しかし……。ここ数年で、転職者がアレイダとスケルティアだけというのは……。

この世界が平和すぎるのか。それともこの地方だけなのか。ここが特別、初心者向けの場所なのか？

俺が前々世で勇者をやっていたときには、もうすこしは平均レベルが高かったような……？

「こんなものなのか？」

「まあ。こんなものですね」

傍《かたわ》らに立つモーリンに聞くと、彼女は紅茶を注ぎながら、そう答えてくれた。

ふむ。そんなもんか。

てゆうか。俺。いま頭のなかで考えていただけなんだけど。なんで何事もなく会話が成立するんだろうな。

うむ。モーリンだからだな。

しかし……。

コーヒーだけでなく、紅茶まであるよ。この世界。

なんでも他の転生者が文化輸入して、それがアウトブレイクしたとかで、向こうの文化が、いくらか流通している。

「パンをもう一枚くれ」

「かしこまりました」

なんか無残な出来のスクランブルエッグを、捨てるのも勿体《もったい》ないので、俺は自分の胃袋に捨てていた。

あまりにひどい出来なので——パンでごまかして流し込まないと、無理すぎる。

「これ……。かこいい。これも……。かこいい。」

アレイダの隣で、スケルティアのやつも、カタログに夢中だ。

クール少女が、鼻息を荒くして、食い入るように見つめている。

「しかし、スケのほうは……、〝転職〟じゃなくて、〝進化〟だったのな」

「ハーフですから。種族を固定すれば、職業を持って、転職も行えるようになりますが」

「ふむ。そういうものか。どっちにも進めて、ある意味、いいんだな」

「あの子しだいですけどね」

と、モーリンと二人で、スケルティアを見る。

カタログに熱中している彼女は、俺たちの視線に、ぜんぜん気がつかない。

「なにに〝進化〟するのか、もう決めたか？」

俺が声をかけると、スケルティアは、はっ——となって、顔をあげた。

周囲を見やる。ここが食堂であるということに、いま、気がつきでもしたような感じ。

そして俺を見て、ぷるぷると首を振ってきた。

「スケは、どういうのが？　いいんだ？」

「かこいい。やつ。」

スケルティアは、見ていた一枚を、すっと俺のほうに出してきた。

大きくイラストが描かれている。

「蜘蛛だな」

「グランド・スパイダーですね。最大で全長三メートル。巣を持たず狩りをする、捕食性の大型の蜘蛛です。荒野や森などに棲息《せいそく》します。糸も使いますが、それは狩りの道具として用います。知能は比較的高く。高レベルになれば会話することも可能であるとか」

「話が通じるのはいいが。しかしそれに進化すると、人型じゃなくなるんじゃないかな？」

俺はスケルティアにそう言った。

彼女のお気に入りは、完全な蜘蛛だった。

それはまあ、いいといえば、いいのだが……。

この屋敷には住めなくなるなぁ。三メートルでは、部屋に入りきらない。

俺はテーブルの下を覗《のぞ》きこむようにして、スケルティアの体を見た。

肉付きの薄い少女の体だ。

いまの彼女はほとんど人間と変わりがない。額に六つほどの〝単眼〟があることと、手首に糸を吐く射出口があること。その二つくらい。

以前、裸にして、ブラシでゴシゴシと擦ったときに、表も裏も目にしたが――。ほかに変わっている部分は、特になかった。

まったく少女の体、そのままだ。

ただ、皮膚《ひふ》は人間と同じに見えて、遙《はる》かに強靱《きょうじん》であるらしく――。

デッキブラシでゴシゴシと擦っても、どこかの誰かさんみたく、みっともなく悲鳴を上げたりはしなかった。

むしろ心地よさそうにしていた。

鎧《よろい》を着ていなくても、レザーアーマーか、薄い金属鎧ぐらいの強度はあるらしい。

大蜘蛛のイラストを見せられている俺が、顔をしかめていると……。

「つよいよ?」

スケルティアは、首を四五度に傾《かし》げつつ、俺にそう言ってきた。

「さっきは、カッコいいって言ってなかったか?」

「つよいのは。かこいい。よ?」

「なるほど。そうなのか」

まあ、美的感覚は人それぞれだから、それはいいのだが……。

「おりおん。これ。いやだ?」

「いや。べつに嫌なわけではないが……」

「……。が?」

「……いや。なんでもない。おまえの好きなのを選んでいいんだぞ」

美的感覚は人それぞれであるのだから、俺の美的感覚を持ちだしても仕方がない。

これは、うちの娘たちの可愛《かわい》いほう――スケルティアの「人生」の問題だ。

いや。進化先によっては「人」じゃないかもな。「人生」じゃなくて「モンスター生」になるかもな。

「ふふっ……。オリオンはね。スケさんとエッチできなくなるので、がっかりしてるのよー」

うちの娘たちの耳年増《みみどしま》なほうが、そんなことを言う。

「知ってるんだからー。私とか、スケさんとか……、エッチな目で見てることある」

「さあ……。覚えにないな」

俺はやんわりと否定した。

ムキになって否定しないように心がけた。

それこそ、思うつぼだ。

「……?」

スケルティアのほうは、どうも、よくわかっていない感じ。

「……。できるよ?」

グランド・スパイダーのイラストを、ずいっと俺に差し出してくる。

いやあ……。

ちょっとー。それはー。

無理だろう。

「……。こっち?」

次に差し出されてきたのは、また別の種のカタログ。

上半身が美しい少女のモンスターだ。顔はとても美形。そして二つの乳房も美しい。……が、当然ながら、下半身は蜘蛛だ。

「いやあ……。微妙だな、これは……。ギリか？」

「なにがギリなんだか。どうせケダモノなんだから、いいじゃないの」

俺が睨《にら》みつけると——アレイダは、顔をあさってのほうに向けた。

そして、くくく、と、笑っている。

上半身が人間型なので、ちょっとエッチなことはできるかもしれない。

でも最後までは無理だな。うん。無理だ。

俺が腕を組んで、顔をしかめつつ、深遠な悩みに挑んでいると……。

「それはアラクネですね」

絵をちらりと見て、モーリンが言った。

「上半身が女性です。人間部分は疑似餌《ぎじえ》で偽装というのがこれまでの通説でしたけど、最近の研究では、別個の脳も存在していることが判明しています。脳が二つありますから、知能も高く、蜘蛛部分で近接戦闘をしながら、人間部分で高度な魔法を使ってきたりと、ちょっと人間では真似《まね》のできない戦いかたができますよ」

「いやー。しかしなー」

俺は腕を組んで唸《うな》り声をあげた。

このアラクネという、上半身だけが美少女のモンスター。ちょーど下半身の、いいところのあたりから、蜘蛛なんだよなー。

ないんじゃね？　なくなくね？　なくなくなくね？

「アラクネには全身擬態《ぎたい》のスキルがありますので、レベルが上がれば、胴体と脚は折り畳《たた》んで二本の足になりますけど」

「え？」

「人間と性行為は可能ですし混血もできますが。もともとアラクネにはメスしかいませんので、繁殖《はんしょく》には多種族の男性を必要とします」

「え？　そうなの？」

いやー。しかしなー……。

「人魚も似たようなスキルで、尾ひれを足に変えて陸上にあがり、恋人を作ったりしますけど。……マスターはそういうのはお嫌ですか？」

「いや。人魚はオーケーだな。ぜんぜんオッケエだ。むしろウエルカムだ」

「なら蜘蛛もＯＫなのでは？　人魚はＯＫで蜘蛛はだめというのは、それは差別ですよ？」

「え？」

そう言われて、俺は、スケルティアを見た。

「くも？　だめ？」

スケルティアは、見るからに、しょんぼりとしていた。

「スケ。にんぎょ。……なた。ほうが。いい？」

「いやいやいやいや。大丈夫。大丈夫っ！　だから――俺の希望なんて、どうでもいいから。おまえの好きなのを選べばいいんだよ」

「おりおん。の。すきなの。スケの。すきな。もの。」

「ねえ。スケさん。――この進化系統図を見て。とりあえず、グランド・スパイダーになるにしろ、アラクネを目指すにしろ、途中過程は一緒みたいよ？」

アレイダが別の資料を持ってくる。

どういう経緯で進化できるのか、既存の判明済みの、進化経路の全マップがそこにある。

これは貴重な資料である。

人間の転職のほうでも同じことが言えるが、へんなもんに進化してしまうと、その先で、行き止まりの袋小路《ふくろこうじ》になってしまうことがある。

転職や進化が一生に一回のイベントなら、どうだっていいのだろうが。うちの娘たちの場合には、すくなくとも、あと数回、ひょっとしたら十数回ぐらいは、起きることなわけで――。

まあ……。

魔王倒しに行こうっていうわけでもないのだから、何回程度かで充分か。

「ほんと。だ。」

系統図を指でたどって、スケルティアがうなずく。

冒険者用というよりは、ほとんど、モンスター学者用の学術研究資料だった。

エリザはこんなもんを用意していたから、時間がかかったということもある。

そのぶんたっぷりとお返しをしたわけだが——。

「ああ。ほら。これこれ。このカオ。——このカオが、イヤラシイことを考えているときのカオね。覚えときましょうね。——スケさん」

「おぼえた。」

二人がなんか言っている。勝手に言ってろ。

「じゃあ、スケは決まったのか？」

「うん。きまたよ。はーふ。えれくしす。」

「エレクシス・スパイダーは、各種の毒を持った種ですね。致死性の毒以外にも、麻痺《まひ》や感覚遮断《しゃだん》の毒などもあって、応用が広いですよ」

「ほう。良さそうだな。——ハーフっていうからには、まだ、人型なのか？」

「外見的な違いは単眼が一対《つい》減りますね。そのかわり残る六個の視力はあがって、動く敵にも強くなります」

「ほう。いいじゃないか」

つまり、スケルティアの、この愛らしい貧乳美少女の姿は、まだしばらく変わらないということだ。

「もう。喜んじゃって……。見え見えなのよ」

「そういうおまえは。なにに転職するのか、決まったのか？」

「え？　私？　私は――これっ！」

「クルセイダーか？　マゾいな、おまえ」

「ええっ？　ま、マゾ……って？　なんでっ？」

クルセイダーは、ダメージを一手に引きつける職だ。

マゾが多い……かどうかは、じつのところ、よくわからんが。なんとなくそういうふうに呼ばれている。

「じ、じゃあ――！　こっちにする！」

そちらはヴァルキリー。

「防御特化から、攻撃特化かよ。なんでそう極端なんだ？　てゆうか。ポリシーがまったく感じられないんだが。見た目のカッコ良さだけで選んでいるのは、おまえのほうなんじゃないのか？」

「え？　ええっ？　わ、私の人生に――、だめ出しっ？　スケさんのときには自由にしろとか言っといて――？　私のときにはだめ出し？　なんなのその過干渉？　不当差別っ？」

「差別じゃない。ポリシーもコンセプトも感じられないって言ってるだけだろ。――だいたい。

俺の聞いたのは次の転職だ。三つも先の職なんて、いま聞いてない」

「目標があるのはいいことでしょう。スケさんのときには、アラクネ目指すのを、いいって言ったのに」

「あいつにはポリシーがあるって言ってる」

「かこいい。よ？」

「ああ。そうだな」

スケルティアが言う。俺はうなずいてやった。

「どうちがうのよ！　私だってカッコいい職業になりたいもん！」

「おまえのは、ミーハーなんだ」

「それに、だいたいべつに、私、強くならなくたって……。もともと、なんだっていいんだし……」

「すこしは考えろよ。世間一般的には、わりと大事な問題らしいぞ？　それに、いちど転職すると、元の職に戻るにしたって、マスターレベルに上げないとならないしな」

「一日じゃない」

まあ。そうだが。

しかし上級職になると必要経験値も増えるので、二、三日になるんじゃないかな。

そもそも、いつものあのダンジョンでは、割に合わなくなる。

「……で、ちゃんと考えたのか？」

「べ、べつに……、転職できれば、なんだっていいのよ……」

ん？　アレイダが、なんか変だぞ？

顔をうつむかせている。やや赤くした顔で、ちらっ、ちらっ――と、俺に目線を送ってきている。

「そ、その……、転職すれば……っ、い、一人前なんでしょ？」

「いや。どうだろうな」

たかが一回転職した程度で――。

ああ。まあ。市井《しせい》の水準では、一生、転職しないで終わる場合もあるというか、むしろそっちのほうが多いわけで――。

それからみれば、一人前と言えなくもないのだろうが――。

しかし、勇者業界の常識からいうと――。

たとえば、三回くらい転職してなるような、さっきの「クルセイダー」とか「ヴァルキリー」とか――。

あれのさらに上位にあたるレア職業ぐらいからが、そもそも「入口」であって――。

そんなあたりで、ようやく「ヒヨッコ」の扱いを受けているわけであり――。

ヒヨッコというのは「半人前」くらいか。

都合四回の転職が、半人前なのだとすれば――。

すると、つまり、一回転職したあたりだと、どのくらいになるんだ？

「〇・一二五人前くらいか？」

「ひっど！　なにその細かい数字！　なんで小数点第三位まで！」

「いや。一を八で割ったら、そうなるだろう」

「え!?　なに！　八回転職しないと一人前にならないの!?」

「いや。〝とある業界〟では。そのあたりが〝常識〟だったという話だが」

くすくすすと、笑い声が聞こえてきたので、顔を横に向ければ――。

モーリンが上品に笑っていた。

モーリンの笑顔は、すごくレアだ。

俺はこの笑顔のためだったら、世界の半分くらいを差し出したっていいと思っている。

「……マスター。アレイダさんは、あの約束のことを言っていらっしゃるんですよ」

「あの約束？」

「あーっ！　あーっ！　だめっ！　内緒でっ！　それぜったい内緒でぇっ！」

アレイダが騒ぐ。

なにか約束したっけかな？

……なんだっけ？

アレイダを見る。テーブルに突っ伏している。真っ赤になった、耳たぶしか見えない。

スケルティアを見る。ぽかんとしている。

モーリンを見る。くすくすと笑っている。

……ああ。あれか。

俺はようやく思いだしていた。

「たしかに……。八回転職じゃ厳しすぎたな。……じゃあ、こうしよう。おまえを買ったときに俺が払った金額。あの金額をおまえが稼《かせ》いだら、おまえは、自分の尊厳を買い取る証《あかし》を立てたってことで……、一人前と認めてやるよ」

「ほんとっ⁉　ほんとにそんな簡単なことでいいのっ⁉」

アレイダは、がばりと身を起こした。

「簡単……っていうが。おまえ。このあいだの稼ぎは、数万Gぽっちだろ。おまえの値段は――って、なあ、こいつ……？　いくらで買ったんだっけ？」

「二〇万Gでしたね」

モーリンに聞くと、すぐに答えが返る。

モーリンはいつでも完璧《かんぺき》だ。なんでも覚えている。

「忘れてるし」

「じゃあ。二〇万だ。二〇万。それだけ貯めこんだら、認めてやるよ」

「さあ！　いくわよスケさん！　いざダンジョンに！　――レッツのゴーよ！」

スケルティアは、首根っこ引っ摑《つか》まれて、ずるずると引きずられていった。

あいつ。すげえやる気だったな……。

◇

アレイダが、結局、一回目の転職で選んだのは――。

スケルティアと二人だけでダンジョンを攻略するために、回復魔法も使える一人タンクの〝ナイト〟にしたらしい。

そしてアレイダは、残りの金額を、本当にたったの一日で稼ぎきった。

#019. 俺の女たち　「下半身に節操のないどうしようもないクズよね」

ちゅん。ちゅん。ちゅん。

朝がきた。

「おい。おまえら。朝だぞ。起きろ」

俺はベッドの上にあった尻二つを、引っぱたいた。

「ひゃん」

「ん……。スケは。おきた。」

可愛《かわい》い声と、いつものローテンションな声と、二つあがる。

昨日はお愉《たの》しみだった。

まあ、おもにお愉しみだったのは、俺一人で――。〝はじめて〟だった二人は、大変だったようであるが……。

「あ……、お、おはよ……」

アレイダは、ささっとシーツを引き寄せて、裸身を隠した。

そんな恥ずかしがるような間柄でも、もう、ないのだが……。

二人と関係を持つことが、もしあるとしても、もうすこし先のことだと思っていた。

だが、つい昨夜、抱くことになってしまった。――二人一緒に。

理由は、まあ、いくつかあって――。

俺に気に入られようと、ダンジョンに通ってLv上げをする二人が、可愛《かわい》く感じてしまったことと――。

二人のLvアップが、思いのほか早く、三分の一人前、ないしは、半人前くらいにはなってしまったということと――。

いつも通っているあのダンジョンが、二人が行くと、ごっそりモンスターを取ってしまって、

迷惑な感じになってしまったのと――。

まあ、いちばん大きな理由としては――。

アレイダのやつが、例の二〇万Gを稼ぎ終えたから――ということだった。

自分に対する「身請け金」として、二〇万Gを積み上げたアレイダは、俺に言ったのだ。

「このお金で、私は自分を買うわ！」

――と。

ひさびさに、〝あの目〟を見た気がする。

最近すっかりポンコツ化して、駄犬《だけん》化していたアレイダだったが――。

檻《おり》に閉じ込められていた奴隷《どれい》の娘が、鉄格子《てつごうし》越しに俺に見せた――あの目を、そのときばかりは、俺《ほ》に向けてきた。

俺が惚《ほ》れたあの目だ。誰のものにもならないという、気高き目だ。

正直、惜しいと思った。俺が買ったときの金額の二〇万Gは、〝あの目〟に払ったようなものだった。

ご主人様に尻尾《しっぽ》を振って寄生してくる、パラサイト奴隷の駄犬なら、ノーサンキューであるか、決して屈さない気高き獣であれば、ぜひとも、欲しい。

だが所有できないからこその、気高き獣なわけで――。手元に置いておくのは、原理的に矛《む》盾《じゅん》がある。

その二〇万Gをもって、アレイダが自分自身を買い戻すことを――俺は承諾《しょうだく》した。

だが、金、それ自体は突っ返した。

餞別《せんべつ》がわりに、くれてやるつもりだった。

俺はてっきり、アレイダが出て行くつもりだと思っていた。

自分を買い戻したのだから、当然、そうなのだろうと――。

だが違った。アレイダは、出て行くつもりなど、まったくなくて――。

自分の価値を、俺に示すために、自分の身請け金を積み上げてみせたのだ。

そういえば、言った、言った。俺、言った。「一人前になったら抱いてやる」とか「二〇万Gを払い終えたら一人前だ」とか。

俺に抱かれるために、そうして健気《けなげ》に頑張ったアレイダに――。

俺は感激し、お姫様だっこで寝室まで運んだ。「ずるい。」とスケルティアまでついてきたので、もうこの際、一緒にお召し上がりになった。

初めての二人はどうだったか知らんが、俺のほうは、しっかりと堪能《たんのう》した。

「メシ食うか。モーリンが朝飯を作ってくれている頃だ」

こちらの世界にやってきて、時計のない生活を送っていると、鳥の鳴き声の種類でもって、だいたい時間がわかるようになった。

早朝と、飯時と、午前中とで、鳴く鳥の種類や鳴きかたまで変わる。

それによると、いまはだいたい――モーリンが、パンを香ばしく焼きあげた頃合いだ。

「顔、合わせられない……」

アレイダは枕に顔をうずめている。

スケルティアのほうは、下着を拾い集めて身につけてゆくところ。俺がじっと見ていても、物怖《ものお》じもしない。

「モーリンさんに、なんか悪いかなって……」

「あれはそういう女じゃない」

モーリンにとっては、この世界のすべてが、自分自身のようなものなのだろう。

あれは「世界の精霊」みたいなものだろうと、俺は仮説を持っている。

すべての人、すべての生物、そしてすべての物体――俺の世界の言葉には〝森羅万象《しんらばんしょう》〟という言葉があるのだが、こちらの世界には、ちょうどうまく言い表す語彙《ごい》がないっぽい。

かつてモーリンは、世界のバランスが壊れかけたときに、俺を召喚した。

《勇者》というバランス・ブレイカーをもって、《魔王》というバランス・ブレイカーを制したわけだ。

モーリンは単に世界の守護者というだけでなく、世界そのものに芽生《めば》えた〝自我〟のようなものではないかと――。俺はそう結論している。

そのモーリンにとっては、アレイダもスケルティアも、〝自分の一部〟に過ぎない。

その〝自分の一部〟が俺に愛されていたとして、妬《や》く必要があるだろうか？

――いいや。ない。

〝右手の小指〟が愛されようが、〝左手の小指〟が愛されていようが、自分が愛されていることに変わりはない。

「これでおまえたちは、俺の女だ。もう出て行けとは言わん。好きなだけいていいぞ」

「……ほんとっ？」

「ああ。おまえたちが出て行きたくなれば、別だがな」

「そ、そんなこと……、あるわけ……、貴方《あなた》には〝恩〟がありますし……」

最初は〝借り〟だったのが、こんどは〝恩〟に変わったわけか。

「えらそうで、いいかげんで、下衆《げす》で、欲望に忠実で、特に下半身に節操がなくて、どうしようもないクズだけど……、恩人ですから。私に自由と強さと尊厳を与えてくれた人ですから」

「ひどい言われようだな」

「本当のことでしょう？」

アレイダは俺を見て笑った。俺も笑った。すっかり服を着終わったスケルティアは、まっすぐに立って、きょとんと俺たちを見ている。「笑い」は、まだ彼女には難しそうだ。

俺は服を着終わった。だがアレイダはまだベッドのなかにいて、裸の胸にシーツを引き寄せているばかり。

「ところで、あの……、あっち向いてて……、くださいますか？」

「なぜかな？」

「あの……、服を着たくて……、見ていられると……、着れないので」

「いやだな」

「お願いします」

「だが断る」

俺はハッキリと、そう言った。

こういう反応はちょっと新鮮だった。

俺はいちど着終わった服を、また脱ぎはじめた。

「えっと。あの……、なぜ、服を脱いでいるの……でしょう？」

「いや。朝飯前にもう一度……と」

「い、いやっ！　ケ、ケダモノっ――!?」

「節操がないと、さっき言ったろう。その節操のないところを見せてやらねばな」

俺は有無を言わさず、襲いかかった。

朝ちゅんが、昼ちゅんになってしまった。

わかりますー。わかりますー。しってますー。これー、ぷろれす？　――とかいうやつですねー

未読

なんかー？　ちがう気もー？　するんですけどー？　でもー、ハダカでぇー、くんずほぐれつがー、ぷろれすー、というものですからー、これは、ぷろれす、というのでー、あってるはずでぇーす♪

未読

ハムスターさんもー、ニンゲンさんもー、ぷろれすやると、そのあとで増えたりしますー。わたしー、女神ですからー、よく知ってるんですよー

未読

……あっ。エキサイトしてましたー。言い忘れてましたー！　見守り女神のぉー、一級管理神エルマリアでぇーす！

未読

第五章

旅に出るぞ

jicho shinai motoyusya no tsuyokute tanoshii......New game

#020. これからの目標

「え？　ちょ――、魔法の馬車って、高くない？」


待っていたモーリンと、四人でしっぽりと、遅い朝食を摂《と》った。

いや、しっぽりとは、いらんか。

しっぽりとやっていたのは、さっきまでの寝室でのほうか。

スケルティアはともかくアレイダのほうは、はじめは嫌だのキャアだの騒いでいたが、昨夜から数えて数回目の最後のほうでは、コツを覚えてきたのか、わりと良くなってきていたもようだ。

そして、のっそりと、三人で顔を現した〝朝食〟は、すでに〝昼食〟かというくらいの時刻になっていて――。

しかし、焼きたてのパンと、淹《い》れたてのコーヒーと、半熟とろとろのスクランブルエッグが、俺たちが席に着いたときには、出来たてのほやほやで、すべてが湯気を上げているのは……。

これはいったいどうしたことか。

「あ、あの……。い、いただきます」

アレイダが、モーリンの顔色を、超窺《うかが》っている。――そして遠慮《えんりょ》がちに、パンから手に取ってゆく。

さっきの話題を、まーだ、気にしていやがるのか。

俺と寝たら、モーリンが気にするとかいう、くだらない話題だ。

「おい。モーリン」

「はい。マスター」

俺はモーリンにそう言った。

「二人を俺の女にした」

「前からそうだと認識しておりましたけど」

「まあ、それはそうだが。正式な意味でな」

「ちょ……、な、なに言ってるのよっ……」

「不服か？」

「スケ。は。おりおんの。もの。」

うちの娘たちのうちの素直なほうが、そう言った。無表情ながらに、ちょっとだけ頬を染めている。

「わ、私は――っ！　オリオンのものになったつもりなんて――、な、ないんだからね！」

うちの娘たちのうちのツンデレなほうが、言わずもがなのことを叫ぶ。

俺のものになったつもりがないなら、なんで、寝たのやら。

俺はまったく強制などしていない。

身請け金として俺が払った二〇万Gを積みあげて、「さあ。これで対等の関係よね？」——だとか。

よくびれた腰に手をあてて宣言する、その表情が、大変に愛らしかったので——。

その腰を腕で抱き、寝室に運んでいって、対等に取り扱ったわけだ。

一人の男と一人の女として。

ああ。いや……。

スケルティアもくっついてきたから、一人の男と二人の女だったが。

……まあそのへんは、細かいことなので、どーでもいいか。

「なにニヤけているのよ。どうせイヤらしいことでも考えていたんでしょう」

「当たりだ」

俺はそう答えた。

「ば！　ばか！　なに言ってんのよ！　ひ、否定くらいしときなさいよっ！」

アレイダがムキになっている。こいつのリアクションは、たまに新鮮に感じることがある。

さっきも「服着るとこ見られると恥ずかしいから、あっち向いてて」とか、妙なことを口走って俺を野獣化させていた。

「モーリン。コーヒーのおかわりを頼む」

くすくすと笑っているモーリンに、俺はカップを差し出した。

向こうの世界でよくある形の「マグカップ」を、陶器《とうき》の職人にわざわざ特注して作ってもらった。

そしたらその職人が、同じデザインのマグカップを大量に作りはじめて、いま、街では「マグカップ」が大ブーム。

……それは、まあ、どうでもいいのだが。

「はい。かしこまりました」

コーヒーが出てくる。

俺の前だけでなく、アレイダたちのカップにもコーヒーが注がれる。

「は。あの……、す、すいません」

いつもは食事の準備を手伝っているアレイダだが、今日はモーリンに任せっきり。

それもあって、アレイダはひどく恐縮していた。膝の上に置かれた手にはぎゅっと力が込められている。それこそ、指の関節が白くなるほどに。

「ところでモーリン」

「はい。なんでしょう?」

「俺は昨夜はお愉《たの》しみだったぞ」

言わずもがなのことを、俺は、あえて言った。

「はい。存じておりますが?」

アレイダが「うっわこのバカ！　なに言ってるの！」という目で睨《にら》んできているが、俺は努めて無視を決めた。

「それはよろしゅうございました」

モーリンは穏やかな声と表情でもって、そう返してきた。

普段の雰囲気《ふんいき》とまるで変わりがない。

アレイダの顔が、特に面白かった。

耳は真っ赤にして、顔は真っ青にして、いっそ殺して――みたいな顔になっている。

「二人とも、具合は、そこそこ良かったたな」

俺はあえて、最高に下世話な表現で、そう言った。

これ以上考えられないくらいの、最低な言い回しを、あえて選んだ。

だがモーリンは顔色ひとつ変えず、むしろ微笑さえ浮かべて――。

「それはよろしゅうございました」

と、そう言った。

「二人とも、出会ったときから、マスターのお気に入りでしたからね」

「そうなのか？」

「そうですよ。見ていれば、わかります」

モーリンは、俺のことならなんでも知ってる、という顔で、うなずいた。

自覚はないが――。

彼女が言うのなら、そうなのだろう。

「そうだったんだ……」

アレイダが、小さく、つぶやいている。

「ん。んっ――」

俺は咳払《せきばら》いをひとつした。

スケルティアはともかく、こいつは、調子に乗らせないほうがいい。

「今後の行動計画について、説明する」

「なによ突然？　……それより、いまの話なんだけど。気に入ってた……、って、あの、それはどういう意味で――」

「んんんっ!!」

俺は大きく咳払いをした。

もうその話題は終了！　終了なの！　――犯すぞ！

◇

「馬車？」

「そう。馬車だ」

聞き返してくるアレイダに、俺は、重々しく、うなずいた。

「馬車くらい……、買えば？」

「そうだ。買うつもりだ」

おや？ アレイダの反応が、どうも薄いぞ？

「てゆうか。なんに使うの？ 馬車なんて？」

「なんにって……、そりゃ、おまえ、決まっているじゃないか」

まったく。こいつは――。

俺の〝スゴイ計画〟を聞いても、ぜんぜん、驚きやしねえ。

張りあいがないったら、ありゃしない。

だめだな、こいつは――という顔で、モーリンを見やる。

くすくすと笑っていたモーリンは、目尻の涙を拭《ぬぐ》うと、俺に言ってきた。

「僭越《せんえつ》ですが、マスター……。アレイダさんは、マスターが普通の馬車を買うつもりだと思っていますよ」

「ああ」

「普通じゃない馬車って……？ あー、まさか、金ピカの馬車とか買おうっていうつもり？ 趣味わるーっ」

「なんだその金ピカっていうのは。勝手に決めつけるな。だいたいおまえは、俺をどんなふうに見ているんだ？」

「身勝手でワガママで欲望の抑制が利《き》かなくて、特に下《しも》のユルい、どうしようもないダメ人間」

断定しやがった。

「今夜はおしおき決定だな」

「ちょ——！　ずるい！　そういうのなし！　反則よ！」

「〝おしおき〟というのはおまえも悦《よろこ》ぶタイプのおしおきの意味だが」

「も……、もっとなしっ……」

顔を赤くさせていなかったので、もしやと思って補足を入れたが——。

やはり正解だったらしく、こんどは正しく、真っ赤になってうつむいた。

「俺が買おうという馬車は、もちろん、普通の馬車じゃない」

「ど……、どんな馬車？」

「魔法の馬車だ」

「まほう……の、馬車？」

アレイダは首を傾《かし》げる。

その隣で、スケルティアも同じように見習って、首を傾げる。——こちらは、ただ、真似《まね》をしているだけだろうが。

「ああ。すごい魔法のかかった馬車だ。見たことも聞いたこともないような、すごい魔法だ。どうだ？　知りたいか？　知りたいだろう？」

「……オリオン。それちょっとウザい。それより……、馬車って？　商売でもはじめるつもりでなければ、なんに使うの？　……旅とか？」

「ああ。そうだ。旅に出ようと思う」

おしおき濃度増加確定の、余計な一言はともかく、アレイダの理解は、ようやく追いついてきたらしい。

「……でも、このお屋敷は……、どうするんですか？　……せっかく買ったのに？」

「ああ。そのことか」

現実的な問題点に、ようやく話が及ぶ。

「もちろん。持ってゆく」

「は？」

アレイダは口を半開きにして、マヌケな顔になった。

そうだ。これこれ。この顔を見てみたかった。

「……え？　あの？　……えっとね？　このお屋敷を……、持ってく？　……って、そう、聞こえたんだけど……？」

「ああ。その通りだ。持ってゆく。せっかく買った――というのは、まあどうでもいいところだが。この屋敷は住み心地はいいし、気に入っているしな。旅の最中でも、住み慣れた〝我が家〟があるといいだろう」

「い、いえ……、あのっ……、まあ、それはそうなんだけど。でも問題は……、どうやって〝持ってゆくか〟ってところで……、ていうか？　なに言っているの？　オリオン……、貴方《あなた》、へいき？」

「おい——。カクさんが、なにかポンコツになってるぞ？　——叩けば直るんじゃないか？」

「たたく？　なおる？」

スケルティアが真に受けて、アレイダの額に、チョップを入れている。

「痛いわよ！　——このお屋敷を持ち運ぶ、なんていう！　すごいことが出来るっていうなら、その方法を説明してよ！」

「だから、さっきからやっていただろう？　——すごい馬車を買うんだって」

「それが……？　魔法の……馬車？」

「だから魔法の馬車なんだろう？」

ようやく理解が、ここまで到達した。

「魔法技術的なことは専門外なんで、あまり詳しくはないがな。空間拡張の魔法の一種がかかっていて、馬車の中に、この屋敷の敷地ぐらいは、すっぽり収まってしまうんだ。元々は勇者が冒険の旅に用いていたものだったそうだ」

その言葉は、どうも言いにくい。

その言葉を口にするときには、イントネーションが、どうもおかしくなってしまう。

「勇者……って!?　あの勇者っ!?　何十年も前に、世界を救ったっていう、あの勇者さまっ？」

「……まあ、そういうことになっているらしいな。ああ。その勇者だよ」

苦々しい顔になっていたかもしれないが……。

俺はともかく、うなずいた。

昔の旅路は、そんな良い物ではまったくなくて……。リゾート気分とは縁遠い、実用一辺倒《いっぺんとう》の苦行《くぎょう》だったわけだが……。

屋敷ごと収納できる便利な空間魔法がかかっていても、そこに収められていたのは……。

食料の備蓄品。替えの武具。

そんな程度でしかなかった。

もともとは古代の魔法文明の王族が、宮殿ごと旅をするために作らせたものらしいが……。

それを俺は、今回の人生では、〝本来の用途〟で使おうと思っているわけだった。

「話はわかったわ。わかったんだけど……。でも……」

「でも？」

俺は続きをうながした。

「でもそれ……、高いんでしょ？」

「それほどでもないさ。すくなくとも〝値段〟が付いてる」

「そうですね……」

食後のデザートを皆に配りながら、モーリンが言った。

しかし、これはもう朝食じゃないな。すっかりフルコースになっている。

「勇者の武具のほとんどは、値段なんて、付けられないものばかりですから」

「へえ。まだ残ってんのか」

俺は、ふと、モーリンに聞いていた。

魔王との戦いでは、ボロボロになって、相打ちに持ちこんで、倒したはいいが、自分も死んでしまったので――。

その後のことは、まったく、知らない。

剣は折れてたし、鎧《よろい》もぼろぼろだったしで、壊れたと思っていたのだが……。

「ええ。各地の王国の宝物庫の奥深くに、厳重にしまいこまれていますよ」

まあ。たしかに。

世界のバランスを狂わせてしまうような、狂った性能のアイテムばかりだった。

自己修復のエンチャントくらい、標準装備で、普通についてるような代物《しろもの》ばかりだった。

「……まあ、というわけで、値段が付いているぐらいなんだから。安いほうだ」

俺は軽く言ったが、アレイダは、じっと疑いの眼差《まなざ》しを俺に向けるまま……。

うん。こいつも。だいぶ。学習してきたなっ♪

「……でも、高いんでしょう?」

「なに。死ぬ気で稼《かせ》げば、すぐだな、すぐ」

俺はあくまで軽く言った。他人事《ひとごと》のように言った。

なぜなら〝他人事〟だったからだ。

「……というわけで。おまえたちには、明日から、働いてもらうぞ」

「えーっ……」

アレイダが露骨に嫌な顔をした。

「馬車を買うんだからな。それこそ馬車馬のように働いてもらうぞ」

うまくハマったジョークに、俺は、ひとり、えっひゃっひゃっ♪

と、愉快になっていたが――。

皆は――、特にアレイダは、モアイのような顔をしていた。

#021. ダンジョンで稼ごう

「お、お願い……、ヒールして……、し、死ぬ……、死んじゃう」

「お、お願い……、ヒールして……、し、死ぬ……、死んじゃう」

「ああ。たしかにギリギリかもな」

俺は「ステータス・ウィンドウ」を開くスキルを使って、アレイダの現状を確認した。肉眼でも死にそうなのはわかっていたが、ステータス上は、もっとわかりやすかった。

HPが1と2のあいだを行き来している。

減って1になって、自動回復分で戻って2になって、また減って1になって——と、その繰り返し。

なにかでバランスが壊れれば、0まで減ってしまって、そこでお陀仏《だぶつ》だ。

戦闘で毒をくらったアレイダは、いま、毒のDoT（持続ダメージ）と、HPを自動回復するリジェネと、二つの効果のあいだで、生死の境をさまよっているのだった。

ちなみに「ステータス・ウィンドウ」をオープンするスキルは、賢者系かトレーナー系の上級職にあるスキルだ。もともとがレアなジョブだし、スキル自体も自動取得ではなくて、条件が死ぬほどメンドウくさかったりするが——。

こいつら二人の育成のために有用なので、あえて、取得した。

こいつら二人が、ぐーすか、鼻チョウチンを作って寝こけているあいだに、モーリンと一緒に〝修行〟しにいった。

必要な条件を満たし、さらにナイトメアモードのイカレタ負荷を自分にかけてと——本当にメンドウくさかった。

なんと、三時間もかかってしまった。

「ヒールないしはセルフ回復系のスキルは、ソロないしは単独行に近い状況では〝重要〟だと、前に言ったろ？」

アレイダの近くにしゃがみこむと、俺は話しかけた。

「言った……わよ……、ええ、いっぺんだけ……」

ＨＰ１の状態にあえぎながら、アレイダは認めた。

おお。すごい。鳥頭のくせに覚えていたのか。

もし本気で忘れていたら、俺も本気で、もう本気で見捨てておいて、立ち去ってしまっていたかもしれない。

「クラス特性だかなんだか知らんが、ＨＰの自動回復《リジェネ》を手に入れたおまえは、有頂天《うちょうてん》になって、ぜんぜん、聞いちゃいなかったな」

とりあえずクルセイダーを目指しているアレイダは、その一つ前のクロウナイトへと転職していた。

回復魔法を一旦失うかわりに、ジョブ特性の自動回復《リジェネ》を得たわけだが――。

「反省してます……。してますからぁ……。回復してっ。……ほんとに死んじゃう」

「いつも言ってるだろ。〝俺たちをあてにするな〟――と。おまえとスケさんのコンビだけで潜っているつもりでいろと」

「わかってるわよ。……ええ。わかってます。……わかってるから。……あの。……回復を」

「いや。人がなにかを覚えるには一定量の〝痛み〟が必要なんだ。だからもうすこし勉強しとけ。その身にトラウマとして刻み込んで、永久固定しとけ。――あともし万が一生き残ったら〝余禄《よろく》〟もついてくるしな」

「ま、万が一って……。ほ、ほんとに死んじゃうから……、死んじゃったら……、ど、どうするのよ！」

「しぬ？　しぬ？　……かくは。しぬ？」

スケルティアがアレイダの隣にしゃがみこんで、顔の血色を窺っている。

「そ、そう……、あぶないの……、だから、オリオンのバカに、スケさんからも言って――」

「しんだら。これ。たべていい？」

「それはお薦《すす》めできんな」

「そ。」

「食べる話、してるし……、死ぬことになってるし……」

死にかけのくせに、元気すぎるな。こいつは。

「だいたい毒を受けたのだって、おまえの増長が原因だろ。えーと、なんだったっけ？〝リジェネがあるから平気よ！〟とかいって、避けられた毒を、あえて喰らっていたっけな」

「リ、リジェネと……、仲間のヒールがあるから平気です……、はやくヒールしてっ……、し、死ぬ……、死んだら化けて出てやるからぁ！」

「そしたらターンアンデッドで昇天させてやるし。心配しなくても墓くらい作ってやるし。対アンデッド化措置《そち》くらい、しといてやるし。そう言っているあいだに、HP、二桁《けた》になってきてるが?」

「え? HP?」

「ああ、普通は見えんわな。毒の効果が弱まってきたんだな。おまえのご自慢のリジェネが、毒を上回りはじめている。……ちっ」

「舌打ちしたぁ! いま舌打ちしたぁ!」

「うるせえな。もうすこし毒が残ると思ったんだが……くっそ使えねえ。ポイズン・フロッグ」

「使えないとかゆったぁ!」

じつは意外と知られていないことだが。

HPが2から1に減じたとき、一定確率でCONが上がる可能性がある。

いまみたいに、2と1を行ったり来たりしている状況は、狙ってやっても、そうそう作れないものだから、俺としては、できるだけ長く、アレイダが苦しみ続け――げふんげふん、アレイダのCONが上がる(かもしれない)状況が、長々と続けばいいと思っていた。

決して、苦しんでいるときの表情ってものが、アレなときのアレに似ていて色っぽい、なんて思ったりはしていない。ぜんぜんない。ぜったいない。……ま、ちょっとは思ったりしたかも?

今夜は燃えそう。とか思ったりはしていないぞ。

そうとう鬼畜《きちく》な自覚はあるが、そこまで鬼畜じゃない。……たぶん。

「ふう……。死ぬかと思ったぁ……」

膝を笑わせながらも、アレイダは自分の足で立ち上がった。

現在のジョブとレベルの自動回復率《リジェネ》からいって、三〇分程度で体力は満タンに戻る。

俺はアレイダのステータスをオープンした。ＣＯＮの値を見やる。

「おお。……三も、増えてた」

「え？　なにが？」

「おまえが知らなくていいこと」

「なによそれ。人を見殺しにしといて。またなんか秘密にしてるし。教えなさいよ」

「いや。死んでないし。生きてるし。いま俺に悪態ついてるし」

きゃんきゃん騒ぐアレイダに、笑顔を押し殺して、俺は仏頂面《ぶっちょうづら》を返した。

そして、ダンジョン深部へと足を進めた。

馬車を買う金を手に入れるのが、今回のダンジョン探索の主目的だった。

#022. 魔法の馬車 「さあ！ 出発だ！」

金が貯まった。

魔法の馬車を調達するため、俺達は商人の元を訪れるところだった。

アレイダとスケルティアを連れて、街を歩く。

「お、重い……」

丈夫さが取り柄の麻袋を、老婆《ろうば》のように腰を曲げて、アレイダが背負って運んでいる。

巨大な麻袋の中身は、すべて金属だ。

ハイレベル上級職のＳＴＲをもってしても、背負って運ぶのは容易ではない。

直径一メートルぐらいの金属塊を運んでいるのだと考えると……。

おお。力もちぃー。

「頑張れ。荷物を持つのが、奴隷《どれい》の仕事だ」

「もう奴隷じゃないし。身請け金は完済《かんさい》したし」

「奴隷じゃないなら、じゃあ、いまのおまえの立場は、なんになるんだ？」

「そ、それは……っ……。こ……、恋……、じゃなくてっ！ そ、そのっ、パ、パートナーとかっ？」

「なんで、そこ、疑問形になるんだ？」

「じ、じゃあ！　パートナーでっ！」

「いやー……。パートナーっていうには、ちょっと頼りないんだがなー」

「なによ！　馬車を買うお金とか！　ぜんぶ私たちに稼がせて！　自分は後ろからついてきてただけで！　ただ見ていただけじゃない！　なんにもしないで！　今回は本当にヒールさえしないで！　本当に見てただけで！」

「ほら。暴れるな。静かに運べ」

麻袋を運ぶ駄馬《だば》が、駄馬過ぎるせいで、ぽろぽろとコインがこぼれ落ちる。

それをスケルティアが拾って歩いている。俺も何枚か拾うはめになった。

「おまえら二人だけで行かせてもよかったんだがな。だが帰ってこなかったら、寝覚めが悪いじゃないか」

このところ、二人をダンジョンに通わせていた。それに俺は、毎回、ついて行っていた。なんかあったら助けてやるつもりでいたわけだが、アレイダたちには「こいつは絶対助けてくれない」と思わせなければならない。

鬼ないしは悪魔の顔を取り繕《つくろ》っているのが、これがけっこう、難しかった。

スケルティアは野生育ちのせいか、デッド・オア・ダイ、弱肉強食の掟《おきて》に、なんの困難もなく馴染《なじ》めているが、アレイダのほうは、すぐに甘えが出てくる癖《くせ》があって、よくない。

「だから落とすなっての。払いが足りなくなる」

コインを拾い集めながら、俺は後ろを歩く。

「だいたい、この袋……。なんでこんなに重いのよ……？　なんか石か鉛《なまり》でも入れて増やしてない？　イジワルしてない？　してるでしょ？　これも訓練ダー、とか言っちゃって……」

「そりゃ二億Gだからな。重いだろうさ」

「に、二億……って!?　私とスケさんで稼いだお金！　二〇〇〇万だけなんですけど!?　残りの一億八千万Gは、い、いったい!?　ど、どこからっ!?」

「ん？　ああ……。俺とモーリンとで――」

「私たち、あんなに苦労して死にかけて！　それで二〇〇〇万で!?　全体からすりゃ、たったの一割で！　残りの九割！　そんなにあっさり稼げるんだったら！　私たち頑張る必要あった!?　ねえあった!?」

「いちいちうるさいメス駄馬だな。そこらで売ってる、静かでよく働く荷馬と取り替えちまおうか」

「いまのはちょっとひどくない!?　ねえひどくない!?　もともと貴方《あなた》が欲しがってた魔法の馬車でしょ！　十分の一とはいえ、私たちの稼ぎも入れてるっていうのに！」

「どこかの駄馬が、目的がないとダンジョンにこもらず、屋敷から一歩も出ずに、食っちゃ寝食っちゃ寝の、ニート生活を決めこむもんでな」

「なによ？　ニートって？」

「ああ。こっちにはないんだっけな。その言葉は。――つまりおまえのことだ」

「ううっ……。なんかよくわからないけど。悪口言われてるのだけはわかる……」

「飼い主としては、大変なんだぞ。運動の理由を作ってやるのは……」

「なによ飼い主って。いつ飼われたのよ」

言っているうちに――。

「おお、着いた」

目的地へと、到着した。

以前、屋敷を購入したときに取引をした商人が、揉《も》み手《で》をしながらわざわざ表で待っていた。

「これはこれはオリオン様……、本日はお日柄もよく……」

相当な上客と見なされているのだろう。

どこまでも続きそうな社交辞令を適当なところで終わらせて、俺は、用件を切り出した。

「約束の二億を用意した。この駄馬が、ぽろぽろと小銭をこぼすから、いくらか目減りしているかもしれないが。もし足りなければ言ってくれ。すぐに不足分を納める」

「いえいえ。サービスしておきますよ」

「ぜんぶ。ひろたよ。」

「おお。そうか。じゃあ足りるはずだな」

スケルティアの頭を、ぐりんぐりんと撫《な》でてやる。

「なによ。運んだの。私なのに」

うちの娘の素直じゃないほうは、撫でられたそうな顔をしている。

だったら手の届くところに来ればいいのに。

「外で立ち話もなんだな。店のなかに――」

「――これ、ちょっと入口には、入らないと思う」

「なるほど」

アレイダが運んでいた大袋を地面に下ろす。

ずうん、と、地響きがした。

見物人が、ぎょっとした顔をしている。

盾系上級職がみせる、物理無双《むそう》ぶりは、一般人にしてみれば、まあちょっとした見物なのだろう。

重量でいうなら――あれって、自動車を一台、担《かつ》いでいるようなものか。

まあ、そりゃ驚くわな。

こちらの世界においては、人は、〝鍛えかた〟次第で、どんどん強くなれるのだ。

ただレベル上限というものはあり、個人の資質によって、到達可能な強さの上限というものは存在する。もっとも、才能上限レベルに到達できる人間など、そうそういなくて――。通常は先に努力のほうが尽きるわけだが。

アレイダもスケルティアも、〝勇者式パワーレベリング〟を、一ヶ月と少々、やってきている。一般常識からすれば、相当の強さに達しているはずだ。

勇者業界的にいえば、まだまだ、ヒヨッコもいいところなわけだが……。

「品は、用意してあるのか？」

「ええ。もちろん。……こちらへどうぞ」

商人に連れられて路地へと入る。

馬車が一台。あった。

数人の冒険者が近くにいる。どうやら警護しているらしい。

なんでだ？　……と思ったが、すぐに理解した。

そういえば二億Gの商品だったっけ。

「おお。これだこれだ」

俺は馬車に近付いていった。

一見、なんの変哲もない古ぼけた馬車。とても二億Gもの価値があるとは思えない。

だが、かつてこの馬車で、魔王を倒す旅をしていた俺には、これがあのときの馬車であることがわかった。

ぐるりと回り、御者台の脇のところの木に――ああ、あったあった。

ナイフで「モーリンのバーカ」と刻まれている。

あの頃の俺は、まだガキだった。厳しく鍛えてくる年上の女性に、恨み言の一つを──言うかわりに、ここにこうして、彫り込んだんだっけか。

さっそく消しておく。モーリンに見られないうちに、きちんと消しておく。

「なにやってんの？　さっそくマーキング？　だっさ」

「ださいとかゆーな」

「あのう……。真贋《しんがん》の鑑定についてですが」

「必要ない」

俺は揉み手をしてくる商人に、そう言った。

俺の落書きがあった以上、こいつは、本物だ。

「では、使いかたのご説明を」

「それも必要ない」

俺が繰り返し言うと、商人は愛想笑いを浮かべて黙った。

「そういえば、馬車をひく馬がいるなぁ」

「わ、私……!?　ひかないからっ！」

俺は白けた目で、アレイダを見た。

いくら俺が外道《げどう》っていっても、それは……。

「……いいかもな」

「やだ！　ちょ──本気⁉　し──しないよね⁉　やらないわよねっ⁉」

「馬を都合してくれ。おとなしい牝馬《ひんば》を頼む。こいつみたいな、じゃじゃ馬じゃないやつをな」

「承《うけたまわ》りました」

◇

「よし。じゃあ。やるぞ」

馬車をひいて屋敷まで戻る。

モーリンとアレイダとスケルティアに、俺は確認した。

こく、こく、と、二人の娘が神妙な顔でうなずいてくる。

モーリンは微笑《ほほえ》みを顔に浮かべるだけ。彼女に関しては、俺がいつなにをどういうふうにしても、こうして、微笑んでくれるのだろうと確信できる。

「──《収納》」

コマンドワードは、シンプルなものだった。

大仰《おおぎょう》な呪文を唱える必要もなく、魔法機能は発動して──術式範囲を示す四つのマーカーごと、敷地上にあった一切合切《いっさいがっさい》が、消失した。

突然、屋敷サイズの物体が消失したわけで、空気がぎゅっと押し寄せて、突風が沸き起こり――あとは、「しゅぽん」という、コルクを抜いたときのような、気の抜けた音が響いただけだった。

周囲の雑木林だけを残し――敷地にあったすべては、消え失せた。

「消えた！」

「なくなった。」

娘たちが騒ぎたてる。

「馬車のなかに入ってみろ」

俺が言うと、二人は競うように馬車に入った。

幌《ほろ》の内側に踏みこんだ途端に――。

「ある！　あるわ！　お屋敷が！　すごい！　ほんとになかにある！」

「やしき。あったよ。」

弾んだ声が、幌の内側から響いてくる。

幌の内側には、亜空間への入口がある。内部の広さは、縦横高さともに一〇〇メートルくらいはある。城は無理かもしれないが、ちょっとした豪邸程度までなら、余裕で収まる。

「すごい！　すごい！　なか！　広いの！　なんで⁉　不思議！　不思議！」

「でる。はいる。でる。はいる。……おもしろい。」

二人のはしゃぐ声が聞こえる。
俺とモーリンは顔を見合わせて、思わず笑いあった。
「さて。……じゃあ。旅支度《たびじたく》はいいな？」
俺は皆に言った。
だが、聞くまでもなく、わかっていることだった。
旅支度もなにも……。
屋敷ごと持って行くのだから、なにも必要ない。
さあ！　出発だ！

はーい。見守り女神のエルマリアでぇーす。あいかわらず(既読)つきませんけどー、がんばってまぁーす。既読スルーだとこたえちゃいますけどぉー。未読スルーなので、ぜんぜん、平気でぇーす♪
いぇぃ♪

未読

あらあらあらー。空間重畳テクノロジーですかー。なんかバランス・ブレイカー級の、イケナイものがでてまいりましたねー。あれはー、ほんとはー、7つ揃える願い玉の次くらいにアウトな案件なんですけどぉー

未読

まぁー、この際ですからぁー。見なかったことにしちゃいます！　特別サービスです。と、く、べ、つ……ですからね？
みんなにナイショですよー？

未読

第六章

はじめの地

jicho shinai motoyusya no tsuyokute tanoshii......New game

#023. はじめの地 「温泉……、って、なに？」

かっぽん。かっぽん。

馬の蹄《ひづめ》の音が、リズミカルに響く。

俺は手綱《たづな》を握りながら、御者台に座っていた。

どこまでも続く青い空の下——。

俺は馬車を走らせていた。

旅は、いい。

特に目的のない旅というのは、すごく、いい。

勇者をやってたときには、分単位のハードスケジューリングによる、「魔王を倒す」ことを究極目的とした、ナイトメアモードの旅だった。

馬車を走らせるときだって、馬の体力がもつ、ぎりぎりの速度で行軍を続けていた。効率厨《こうりつちゅう》のプレイのように、潤《うるお》いと余裕がなかった。

いまは馬の勝手に、好きな速さで歩かせている。

かっぽん。かっぽん。リズミカルに続く蹄の音が、いい感じ。

商人は注文通りの馬を用意してくれた。

白馬で、牝馬《ひんば》で、おとなしい、いい娘だった。

どこかのじゃじゃ馬とは、えらい違いだ。

「なんか言ったぁ？」

「いいや。なんにも」

馬車のうしろ。幌《ほろ》のなかからアレイダが現れて、俺の隣に座りに来る。

「なんだよ」

「べつにいいでしょ。横に座ったたって」

「かまわんが」

俺は言った。笑いをかみ殺すのに苦労した。

「モーリンさんが。そろそろお昼ご飯ができるって」

アレイダは言った。

馬車のなかは亜空間だ。屋敷ごと持ち運んでいる。その屋敷の調理場では、モーリンが調理をしているというわけだ。

「そうか」

俺が馬を止めようとすると――。

「あ。すぐじゃないわよ。そろそろだけど。もうしばらくかかるわよ」

「そうか。すぐじゃないのか」

俺は手綱を持ち直して、止めかけた馬を、再び歩かせた。

「そろそろなわけか」

すぐではなくて、そろそろなところに、アレイダの乙女心《おとめごころ》をみた。

俺はそれを酌《く》んでやって、すこしゆっくりと、馬を走らせた。

「野駆《のが》けとかしたいわね」

白馬の尻尾《しっぽ》を見つめながら、アレイダが、ぽつりとそう言う。

「乗れるのか？」

「乗れるわよ。そりゃぁ、だって――」

と、当然のように言いかけて――。

「――私の部族は、騎馬民族だもの」

そういや。昔の話は聞いたことがなかったな。

こいつに対して、俺が知っていることは――。

「カークツルス族」という名の、辺境部族ないしは蛮族《ばんぞく》の出身であるということ。

族長の娘であったということ。

その部族はもう存在しないということ。族長の娘が、奴隷《どれい》に身をやつしていたくらいだから、当然、そのはずだ。

その件に関して、俺はアレイダに、深く聞いてはいない。

話したければ自分から話すだろう。

過去になにがあろうと、俺のほうは、まったく気にしない。いまこいつが、〝俺の女〟であるという事実に変わりはない。

ま。人生いろいろあるさ。

俺だって、転生して勇者させられて、転生してブラック企業にこき使われて、また転生して、いまこうして――何度目の人生だ？　まあとにかく、人生を送っているわけだし。

「ねえ。あそこ」

と、アレイダが手をあげて、遠くを指差した。

「――なにか、のろしでも上がってない？」

見れば、たしかに、そちらの方向に、煙のような白い筋が立ち昇っている。

が――。あれは――。

「いや。あれは。ちがうな」

「でも煙でしょ？　じゃあ……、山火事？」

「いや。そういうのともちがう」

「じゃあ。なんなのよ？」

「あれは湯気だ」

「湯気？」

俺は知っていた。

以前――といっても、こちらの世界の時間では、数十年前になるわけだが……。

俺は、この地を訪れたことがある。

そのときには、ちょっと面倒な敵と、ちょっと派手なバトルをやって、やむを得ず大技を使い、地層深くまで貫通する大穴を空《あ》けてしまった。

そして地下からは、大量の〝湯〟が涌きだしてきた。

つまり、あれは――。

「あれは、〝温泉〟というものだ」

俺はアレイダに、そう言った。

うむ。

最初の立ち寄り地が、決まったな。

◇

馬車で街中に入ってゆく。
温泉街――というものを、向こうの世界の感覚で想像したのだが、ちょっと違う街並みが広がっていた。

観光地――というよりは、西部劇の街並みだ。

舗装《ほそう》されていない道の両側に、木造の建物が、ちらほらと並んでいる。

ま。田舎《いなか》の街並みだ。

街の中央あたりに、他よりも、すこし大きな建物があった。

酒場か食堂か宿か。

あるいは、その、どれでもあるわけか。

とりあえず、俺は、その酒場らしき店の前に馬車を止めた。

「ここにするの？」

「ああ。皆を呼んできてくれ」

俺はアレイダにそう言い返した。

馬車のなかにいる連中を呼んでくる、というのも、変な話だが……。魔法による亜空間のなかで、さらに屋敷のなかにいるのだから、しかたがない。

馬を馬車から外して、水桶《みずおけ》のところに繋《つな》ぎ直してやる。尻を撫《な》でて、本日の労働を労《ねぎら》ってやると、ぶるるっと嬉しげにいないないた。

ほんと。素直でいい娘だ。どこかの誰かとは、えらい違いだ。

とか、思っていると――。

その当人が、皆を引き連れて戻ってきた。

◇

店に入る。

「いらっしゃい」

美人だが、すこしとうの立った女が、俺たちを見てそう言った。彼女が店の主人らしい。

「四人になにか食事を。あと表の馬には干し草を頼む」

テーブルにつきながら、カウンターの中の女に、そう言った。

「はいさ」

物憂《ものう》げに返事をすると、女は、俺たちのテーブルに水を運んできた。

水を置くとき、豊かな胸元が、俺の目の前にやってくる。

その重量感のある物体の眺めと——。あと、女のつけている香水の匂《にお》いと——。

俺はどちらも満喫《まんきつ》した。

アレイダの手がテーブルの下に伸びてきた。

俺の太腿《ふともも》を、つねりにくる。

あー。だからー。

表で草を食ってる女の娘のほうが、ぜんぜん、可愛《かわい》いわー。いい娘だわー。

そういや、名前を付けてやらなきゃな。いつまでも「馬」では、あんまりだ。

「ふぅん……。あなたたち、このへんのモンじゃないわね？」

女主人は、髪をかきあげると、そう言ってきた。

サバけた感じの女性だが、仕草のひとつひとつが、なんだか妙に……、色っぽい。

「わかるか？」

俺は聞いた。旅人をたくさん見てきているであろう、酒場の女主人――マダムに、自分たちがどう見えているのか、ちょっと興味があった。

「ええ。何年もやってますからね。すぐにわかります。……おのぼりさんは」

「ぷっ……！」

アレイダが吹き出した。

俺はじろりと睨《にら》んだ。手の届くところにケツでもあれば、つねりかえしてやっているところだが。

「あなたたちも、あれ？　あれを目当てで、来たんでしょう？」

マダムは言う。

「アレとは？」

俺は聞く。

「もちろん。勇者温泉よ」

「う……？」

俺は変な顔をしていたに違いない。

「ゆ、勇者……、温泉っ？」

「ええ。そうだけど……。あらあら？　知っていて来たんじゃないの？　昔々、勇者様があたしらのために掘ってくださった——ここは、有り難い温泉でね」

いやー……。べつに掘ったわけじゃないんだけどねー。

敵が強くてねー……。

威力をセーブできなくて、大技ぶっ放したら、岩盤まで貫いちゃってねー。

「へー……、勇者さまが……」

ん？

傍《かたわ》らを見ると——。

アレイダのやつは——。両手を胸の前で組み合わせて、〝乙女《おとめ》の祈り〟って感じのポーズを取っていた。

いっぱいに見開かれた目は、どこか遠くを見つめていて——。

そして、その口許《くちもと》からは、夢見るような、つぶやきが——。

「ああ……。勇者さま……っ」

「うえええっ？」

俺はぎょっとなって、隣の女を見た。

勇者……さまぁ？

モーリンに顔を向ける。

信じがたい。問い質《ただ》したい。そんな表情を向けていると――。

「一般的に言いますと――。〝勇者〟は、畏敬《いけい》と崇拝《すうはい》と、憧れの対象になっていますね」

「そうなのか？」

「そうです」

モーリンは、深々と、うなずいた。

「だって。世界を救った人物なんですから。少女たちの憧れになっていて、当然です」

そう断言した。

そうか。当然なのか。

「おい。スケ……。おまえも、あれか？　あれなのか？　勇者……、しってるか？　勇者？」

カップを両手で持って、くぴくぴと傾けていたスケルティアに、おそるおそる、そう聞いてみた。

「ゆうしゃ？　……それ？　おいしい？」

たいへん、個性的なリアクションが返ってくる。

都会の底辺で物盗《もの と》りをしつつ生きてきた盗賊《とうぞく》少女の常識力は、まあ、こんな程度だろう。

「そういえばマスター。最初にあったとき、スケルティアは、マスターのことを食べるとか、そう言ってましたけど？」

「ん。」

モーリンの言葉に、スケルティアがうなずく。

「そっち？　ガチでそっちの意味だったのかよ」

ボケじゃなくて、ガチだったようだ。モンスター娘。おそるべし。

こいつとの夜が、なにかスリリングな気分になるのは、そうした理由か。

「あ。オリオン。ちがうから。そんなんじゃないから」

ようやく帰ってきたアレイダが、なんか手を振って、ぱたぱたと首筋を扇《あお》いでいる。

こっちはこっちで、なにをやっているのだか。

なにが「そんなんじゃない」んだか。

「はい。勇者定食。四人前。……お待たせ」

マダムが食事を運んでくる。

俺が仏頂面《ぶっちょうづら》になって食事をしたであろうことは、想像にかたくない。

◇

「ゆうしゃ。うまかった。うまうま。」

ご当地名物をたいらげて、俺たちは一息ついていた。

「へー、温泉って、地面から出てくるお湯のことなんですかー」

アレイダはすっかりマダムと仲良くなっていた。

「おまえ。そんなことも知らなかったのか」

「オリオンが全然教えてくれないから。温泉。温泉。って。自分だけわかった顔してて」

「マスター。この世界では温泉は珍しいんですよ」

「そうなのか」

「モーリンさんが言うと、すぐ聞くんだから」

「ふふふっ……」

俺たちがいつもの調子で言いあっていると、マダムは笑った。

泣きぼくろ、というのだろうか。目の下にあるほくろが、色っぽい。

「こんなに楽しい気分はひさしぶり。あなたたちを見ていると、楽しくなるわ」

そう言ってくる、美人マダムに、俺は――。

「ここは、宿もやっているのか？」

そう聞いた。

「ええ。裏には、露天風呂もあるわよ」

「なになに？　ろてん……ぶろ？　それって、なになに？」

「それ。おいしい？」

うちの二人は、きゅるんと小首を傾《かし》げている。

その様子に、マダムはまた口許《くちもと》に手をあてて、笑った。

◇

「うっわー。ひろーい」

アレイダがはしゃいでいる。

露天風呂は、現代人の感性を持つ俺からしても、満足のいくものだった。

池、といっていいサイズの、立派な露天風呂だった。

うちの娘たちの、うるさいほうが——ばしゃばしゃと湯を乱している。

「泳ぐな。バカ」

「えー？　いいじゃない？　誰もいないんだし」

他に宿泊客はなく、露天風呂は、俺たちの貸し切り状態だ。

混浴だが、それを気にする者は、俺たちのなかにはいない。

アレイダあたりが、脱衣のときに、「あっち向いて」だとか「恥ずかしい」だとか、なにかメンドウくさいことをウダウダ言ってたくらいだ。

モーリンはほんのりと肌を桜色に染めて、俺の傍《かたわ》らにいる。静かに湯を愉《たの》しんでいる。俺も湯に浮かぶモーリンの乳房を目で愉しんでいたりする。

うちの娘の静かなほうは、膝を抱えて湯に浸かり、口許まで湯の中に没して、ぶくぶくとやっている。

「どうした。風呂は嫌いか」

そういえば、こいつ。野良《のら》ハーフ・モンスターという生い立ちのおかげで、体を洗う習慣などは、持っていなかったようだ。

はじめに捕まえたときに、デッキブラシで、ごしごしと洗ってやったが……。あれでトラウマにでもなってしまったか？

「ぜったいオリオンのせいよ！　あんなブラシで、女の子、ゴシゴシと洗うから」

「ちがう。洗ってもらうのは。きもちいい。……溺《おぼ》れるの。こわい。」

なるほど。

蜘蛛は水には入らないわな。

「え？　スケさん泳げないの？　じゃあ、教えてあげよっか？」

「だからやめろ」

俺たちは、温泉を愉しんだ。

◇

夜。

寝室を一人で抜け出して、階下に続く酒場のほうへと、下りていった。

マダムが一人で店の片付けをやっていた。

酒場となっている一階では、地元の常連客が遅くまで飲んでいた。

「喉《のど》が渇《かわ》いてな。水を一杯くれないか。麦酒《エール》でもいい」

片付けている最中の席に、俺は適当に腰を下ろした。

「はいさ」

麦酒《エール》が出てきた。

こちらの世界の酒は、向こうの世界より、断然うまい。そんな気がする。

「ずいぶんとお愉しみだったみたいじゃないか。この色男」

「ん？」

なにを揶揄《やゆ》されているのか、一瞬、わからなかった。

何秒かして――。三人と一戦交えていたことを言われているのだと、そう気がついた。

あー……。

肉欲に溺《おぼ》れるのは、最近、あまりに普通のことすぎた。
食う。寝る。いたす。
――の、三つのことが、だいたい同列な感じだ。
モーリンだけを相手にしていたときは、相手の体力を気遣ったりもしたものだが――。
なにせ、いまでは三人もいる。
むらっときたら、なんならその場ですぐに押し倒してしまっても、OKだったりする。
モーリンはもとより、アレイダもスケルティアも、皆、俺の女にしたわけであるし。
「あんな声が聞こえてきたら……、そ、そりゃ、気になるじゃないさ」
ウェーブのかかった髪を、しきりに撫《な》でつけながら、マダムは言う。
そうか。部屋の外に、そんなに声が洩《も》れていたか。
ちなみに、うちの娘は二人いて、うるさいほうと、静かなほうがいる。
しかし――。
なんでそんな生娘《きむすめ》みたいな反応を？　そんな歳《とし》でもなかろうに？
と、すこし考えてみたら――。
ああ。なるほど。了解した。
「そんなに美人なのに、勿体《もったい》ないな」
「やだ。なに言ってるんだか」

マダムはテーブルにせっせとフキンをかけている。同じところばかりを何度も拭いている。マダムの反応は――。つまり、初心《うぶ》なほうのそれではなくて、最近ご無沙汰《ぶさた》なほうの、それなわけだ。

「この店は？　一人でやっているのか？」

俺はそう聞いた。

昼も夜も、マダムが一人で切り盛りしているように見える。男の影は見えない。すくなくとも、夫がいるような感じではない。

「宿のほうには、手伝いの娘を頼むときもあるけどね。こっちは、ずっと一人さ」

「そうか」

俺はうなずいた。

なら問題ない。

俺は麦酒《エール》の残りを片付けてから、立ち上がった。

マダムの傍らに寄り添うように立ち、その体を抱き寄せる。

「えっ。……あの、ちょっと？」

食う。寝る。いたす。――が、同列となっている俺でも、こういうときには、なにかロマンティックなことを言わなければならないと、心得ている。

アレイダあたりに迫るときには、「ヤラせろ」とストレートに口にして、手ではたかれたりグーでパンチされたりして「ムードがない！」と罵《ののし》られながらも、そのままずぶずぶと、なるようになって、結果オーライになったりするわけだが……。

「……俺が隙間《すきま》を埋めてやる」

ん。八〇点。

最高ではないが、それほど悪くもない口説《くど》き文句が、とっさに口から出せた。

今度、練習しておくか。

スケルティアあたりを口説いても表情の変化はないし。モーリンを口説いてもあしらわれるに決まっているし。

アレイダあたりが、ちょうどよくチョロいので、あれで練習しておこう。

……そして、マダムの反応は？

「だめよ。……それはだめ」

マダムは、拒《こば》んでいる。

ふむ。

俺がだめなのではなくて、〝それ〟がだめなわけか。

しかし、だめよだめよも好きのうち、とも言う。

迫って拒まれて、はいそうですかと簡単に引き下がっているくらいなら、そもそも最初から口説きにかかるな、というものだ。

一押しや二押ししてみるのは、〝色男〟と呼ばれた者の、礼儀《れいぎ》であり作法《さほう》の範疇《はんちゅう》というものだろう。

俺自身には、べつに〝色男〟などという自覚があるわけではない。好きなことを、好きなときに、好きなようにやっているだけだ。

それが〝色男〟ということになるなら、べつに、それでもいい。

腕の中でぐずぐずやってるマダムを、俺は、さらに強く抱きしめにかかった。

歳を経た女の量感あるボディは、アレイダともスケルティアともモーリンとも違って、新鮮な感動を俺にもたらした。

さっきも上でさんざんヤリつくした後ではあるが、また、食欲が湧いてくる。これは別腹だ。

「いい匂《にお》いがするな」

「いやっ……。一日、働いたあとよ？」

「それがいい」

んー。七〇点。

やはり今度練習しておこう。

「だめよ。だめ」

「いいじゃないか」

マダムは弱々しく拒むばかり。男の腕から本気で逃れようとしているわけでもない。

俺は最後の一押しをすることにした。

尻をがっしりと摑《つか》みしめて、そこを基点に体を引き寄せる。

そして、唇を吸おうとすると——。

「だめ。……良人《おっと》がいるの」

手で唇を遠ざけられた。

「……？　いるようには見えないが？」

さっき確認した。この店は一人で切り盛りしている。男の影もない。

「戦争に行ったのよ」

どこか遠くに目を向けながら、彼女は、ぽつりとそう言った。

「……ああ」

俺は曖昧《あいまい》にうなずいた。

この世界に転生して、それほど長いわけでもないので、現在の世界情勢については、じつのところ、あまり詳しくはない。

魔王もいない平和な世界であっても、人間同士のいざこざは、時折、起きる。

まったく……。《勇者》とかいうヤツがブラック人生を頑張って、一命を賭《と》して、平和な世界を築いてやっていうのに……。自分たちで争いを起こしている。

馬鹿な話だ。

それはそうと――。

この世界に不案内な俺でも、いまこの近くでやっている戦争がないということは知っている。

戦争が起きると、徴兵《ちょうへい》が起きる。

平時から「兵士」として生計を立てている、いわゆる「職業軍人」の数は、それほど多くない。

戦争になれば人数はまったく足りなくなる。そうなると領内の男が駆り出されることになる。

鍛冶屋《かじや》や交易商人など、戦時特需《とくじゅ》に関わる者は兵役《へいえき》を免除されることもあるが、それ以外は根こそぎだ。

戦闘で大軍勢同士がぶつかり合う光景は、見栄えがするが……。その軍勢のうちの九割どころか、九割九分が、強制連行されてきた素人《しろうと》だと思えば、争いというものが、いかに愚かであるかがわかる。

このマダムの夫だった男も、そうして連れて行かれたうちの一人だったわけだ。

そして、帰ってこなかった側か……。

「この酒場は、あの人と、二人ではじめたものなのよ」

俺の腕のなかで、女は、そう言った。

「あの人が帰ってきたときにさ……。この店、なくなっていたら、悲しむでしょ?」

俺は黙って聞いていた。

「だから……、あたしは、この店を守っているのさ。あの人が帰ってくるまで……」

女の声は、まるで自分に言い聞かせているかのようだった。

俺には、かける言葉がなかった。

その男は死んだか、あるいはもし仮に生きているのだとしても、帰ってくるつもりはないのだろう。

だがそんなことは、言われるまでもなく、女にもわかっているはずだ。

俺は女の体を手放した。

強く拒まれているわけではない。押して通れば、開いてくれそうな気配もある。

……が、主義として、まだ人のものである女に手を出すことはやらない。

「ごちそうさま。うまかったよ。一杯」

俺は麦酒《エール》のカップをテーブルに残すと、酒場をあとにした。

#024. ある夜の騒ぎ　「こいつら畳んじゃっていい?」

夜の喧噪《けんそう》のなか、俺たちは酒場で夕食を摂《と》っていた。

「んっ。んっ。んっ。……ぷはーっ！　さあ！　飲んだわよー！」

アレイダは常連客の酔っぱらいどもと、すっかり馴染《なじ》んでいた。

飲み比べなんかをやっている。

今夜で、もう何度目かの夕食になる。

温泉とうまい飯。

居心地がいいので、つい、長居をしてしまっている。

マダムが心変わりしないかなー、とか、そんな未練がましく、いじましい気持ちなどは、まったくない。これっぽっちもない。断じてない。

「……なんだ?」

テーブルの向こうから、薄く微笑《ほほえ》んでこちらを見ているモーリンに、そう訊ね返した。

「いいえ。思うようにいかず、ジレンマに悩んでおられるマスターも、よいものですね。——と、そう思っていただけですから」

「愛《め》でるな」

俺はそう言った。

モーリンには、まったく、なにもかもお見通しだ。

俺の女に対する好みを、俺よりも、よくわかっている。

だがモーリンの読みにも、一部、不正確なところもある。

俺はジレンマに悩んでいるわけではない。俺のものにならない女に興味などないのだ。

「はい。そういうことにしておきますね」

モーリンは楽しげに笑った。

いま！　心の声に突っこまれたよ！

「……？」

うちの娘の静かなほうが、ぴくりと、顔をあげた。

騒ぎも会話にも関知せず、目の前の山盛りの肉に、ずっと無言でずっと無表情で、だがきっと内心は夢中でかぶりついていたスケルティアが、入口のほうに、何気なく顔を向ける。

数秒後。大人数が、ぞろぞろと入ってきた。

男たちは異質だった。

店の常連もあまりガラのいいほうとはいえないが、こちらの連中は、まるで堅気《かたぎ》の雰囲気《ふんいき》ではない。相手を威圧するような服装や装備。見せつけるように武器をちらつかせている。

まるで、ならず者か冒険者か——って、俺たちも立場的には〝冒険者〟なわけか。

こんなのと一緒にしてもらいたくはないな。

男たちは店のいちばん真ん中の席に陣取ると、足をテーブルの上に投げ出し、それから、横《おう》柄《へい》に言った。

「酒」

マダムは硬い表情で立っていた。いつもは欠かさない「いらっしゃい」もなければ、笑顔もない。

常連客たちも、会話をぴたりと止めて、緊張した面持《おもも》ちになっている。

一人、例外なのは、んぐ、んぐ、んぐ——と、腰に手をあててジョッキを一気飲みしている、うちの娘の馬鹿なほうだけだ。

明らかに歓迎されていない雰囲気だが、男たちは、いっこうに気にした様子がない。

「おい。酒はまだかよ」

「あとメシな」

「それとー、女なー！」

一人が下品な笑いをあげて、マダムの尻を一撫《ひとな》でした。

「おい馬鹿。ボスに——」

別のやつがたしなめる。言われた男は、ばつの悪そうな顔で押し黙った。

マダムは何も言わず、男たちのもとへ、酒と料理を運んだ。

さっきまで、会話をするのも困難なほど騒がしかった酒場は、まるでお通夜《つや》のように静まり返っていた。

この世界に通夜があるかどうかは、不明だが。

常連客は気まずそうに顔を見合わせる。幾人かは席を立って、押しつけるようにマダムに金を払って、店を出ていってしまった。

「なに？　……なんなの？」

飲み比べをしていた相手がいなくなってしまって、アレイダがしらけた顔になって戻ってきた。

「見ての通りだ」

俺は肩をすくめて、そう言った。

「……なにが？」

うちの娘のお馬鹿なほうは、きょとんとしている。

もうひとりの静かなほうも、当然、きょとんとした顔。

ああ。そうか。

現代世界の知識がある俺には、なにが起きているのか、一目瞭然《いちもくりょうぜん》なわけだが……。

モーリンみたいな人生経験の化け物ならば、ともかくとして――。

十代の娘には、わからんな。これは。

「おい！」

料理を食っていた一人が、突然、声を張りあげた。

「料理に虫が入ってたぜ！」

ほら、はじまった。

他のやつも同調して、酒が腐っているだの、なんだのと、騒ぎはじめた。

「えっ？　えっ？　えっ？　なに？　なんなの？」

突如あがった大合唱に、アレイダはきょろきょろと周囲を見まわしている。

「マダムの料理に、虫なんて入ってるわけないじゃないの」

「ああ。そうだな」

「お酒だって。べつにへんじゃないし」

「もちろん。そうだな」

俺はアレイダに、いちいち、うなずいてやった。

うちの娘のお馬鹿なほうが、いつ、理解するか。ちょっと辛抱《しんぼう》が必要かもしれない。

「スケ。——おまえは、わかったか？」

「ん？　んー……。んっ。」

うちの娘の、はしっこいほうは、すこし考えて、わかったようだ。

さすが元盗賊《とうぞく》。世知辛《せちがら》いことには慣れがあるのか。

「え？　なに？　私だけ、のけものなの？」

「おまえは胃袋でなくて、すこしは頭を使ったほうがいいぞ」

いまだにジョッキを手放さない、うちの娘の食い意地の張ったほうに——俺はそう言った。

「いいわよ。文句言ってくるから」

「あー。おい……」

止める間もあらばこそ。

アレイダは、ジョッキを手にしたまま、すたすたと歩いていってしまった。

「ねえちょっと、あなたたち」

と、男たちに向けて、なんの屈託《くったく》もなく、声をかけてゆく。

「さっきから聞こえてきてたんだけど。あんまりマダムを困らせるもんじゃないわよ」

「困らせる？　ハァ？　そいつは傑作《けっさく》だ。まるでオレたちが、言いがかりを付けているみたいじゃないか――」

「困らせてるのは確かでしょ。言いがかりかどうかはわからないけど」

「あの、げんに、ここに、虫が――」

――と。

男が料理を差し示した。

その料理を、アレイダは奪い取るなり――。

がっふ。がっふ。

食った。

食っちまった。

「虫？　どこに？」

「い、いや……、油虫が……」

「あと。お酒がどうしたって？　どれ？」

「これ――」

ごっく。ごっく。

こっちも飲んでしまった。

「べつにおかしくないわよ?」

「あ……、う……」

男は言葉をなくしている。

俺も言葉をなくしている。酒のほうはともかく、料理のほうは、あれは入ってたんじゃないのか……?

この手の常套手段《じょうとう》では、そこらで捕まえてきた虫を、入れておいて、「おい! 虫が入っていたぞ!」と難癖《なんくせ》をつけるわけだが――。

俺はそのことが気になって仕方がなかった。本当に、気になってしまう。

「――はいはい。じゃあ。なんでもなかったんだから。もう。静かにする。――いいわね?」

アレイダはそう言うと、男たちに背中を向けて、戻ってこようとした。

その肩を、男の手が掴《つか》む。

「待てや。ネエちゃん」

「――なによ?」

「マスター。助けに入っては、あげないのですか?」

「なぜだ？」

モーリンに聞かれて、俺は問い返した。

「あるいは。加勢に入ってあげますとか」

「だから。なぜだ？」

俺はまたもや問い返した。

守ってやる必要など、どこにあるのか。

アレイダのいまのレベルはそれほど高くはないが、それは転職マニアであるせいで——。実際には上級職二回分の強さの上乗せがある。

同じレベル1であっても、上級職のレベル1は、基本職のレベル20ぐらいには相当する。

こんな場末の、山賊《さんぞく》まがいのチンピラどもに遅れを取るようなことはない。

「いえそちらではなくて。マスターが、ご自身でなさらなくて、よろしいのですかと——彼女のために」

ちら。——と、モーリンが目を向けた先にいるのは、マダムだった。

「ああ」

俺はうなずいた。

それだったら、俺は、手出しをしないことに決めていた。

悪さをする者がいる。それをいちいち正して回っていては、いずれ、すべての悪を倒して回らなくてはならなくなる。

それは〝勇者〟とかいうヤツの役目だ。いまの俺の役目ではない。

あんな人生。一回やれば、もう充分だ。

俺の今回の人生では、「人助け」はしないことに決めている。

「でもアレイダのときには助けましたよね。お買い上げになられましたけど？」

「うぐぅ」

いつもながら、どうして、こう――モーリンは、俺の心の中のセリフに、的確に突っこみを入れてくるのだろうか？

「あれは――俺の女にしたわけだろ」

「スケも。だよ？」

「ああ。スケも。俺の女だな」

「それではマダムは、〝俺の女〟にならなかったから、助けてはやらないのだと――そういった理解でよろしいのでしょうか？」

「おまえ。なんか妙に絡んでこないか？」

微笑を浮かべるモーリンに、俺は、そう聞いてみた。

「いえ。昨夜。彼女にフラれたあとに、マスターがわたくしのもとにやってまいりまして、わたくしを抱かれたことなど、微塵《みじん》も気にしておりません。かわりに使われたことなど、なんとも思っておりませんよ?」

「うぐぅ」

俺は呻《うめ》いた。

うん。発散できなかった欲情をモーリンの身にぶつけた。……かもしれない。違うとは断言できない。

他の女のことを考えながら、モーリンを抱いた。

「それについては悪かった。謝る。反省する。二度としないと誓う。だがそれとこれとは、やはり話が別だ。俺は自分にメリットのない人助けはやらない。今回はとことん利己的にやらせてもらう」

「ええ。マスターの望むままに」

世界の精霊——と、俺がそう認識しているモーリンは、個々の人間の運命に関して、ほぼ、関心を持っていない。

彼女が守るのは世界のバランスだ。彼女が守る世界の中で、人は生き、そして死んでゆく。大量死や絶滅が起きるおそれのあるときだけ、彼女は世界に対して干渉する。たとえば前回のときのように〝魔王〟が世界に出現して、人間そのものを滅ぼそうとしたときなどだ。

それ以外のときには、彼女は、誰が死のうが生きようが——ぶっちゃけ、眼中にない。

ただ一人の例外は、俺であり——。

いまの彼女が関心を持ち、望むことは、俺の幸福だ。

「でも……。マスターはなにもしないおつもりでも、アレイダはやる気になっていますけど」

「あいつが買った喧嘩《けんか》だ。好きにするさ」

「おうおう！　ネエちゃん！　痛い目みるまえに引っこんでな！」

「ふーん？　痛い目みるのは、そっちだと思うけど？」

アレイダは、すっかりやる気のようだ。

闘争心を目にたぎらせて、自分より大きな相手を、下から睨み返している。

物事の仕組みがまったくわかっていないにもかかわらず、正しい応対をしようとしている、うちの娘の馬鹿なほうに、俺はすべて任せることにした。

――と。

つんつん、と、俺の服の袖《そで》を引っぱる者がいる。

「なんだ？」

「スケ。……も。いて。いい？」

「うーん……」

俺は考えた。

うちの娘の容赦《ようしゃ》のないほうが参加すると、それこそ、容赦のない展開になってしまうのではなかろうか。

べつにあいつらの命なんか気にしているわけではないが。汚《けが》れた血で店を汚すのも忍びない。

「前に教えたな？　こういうとき。ああいうやつらは。……どうするんだっけ？」

「……？　いたくする？」

スケルティアは、あまり自信がなさそうに、首を傾《かし》げた。

「そうだ」

まえに、うちの娘たち二人に教えた。

戦いになったとき。相手を殺すときと、殺さないとき。その区別を教えた。

今回のケースは、どれに該当《がいとう》するのか——？

「ころさない。でも。にどと。はむかえ。ない。ように。いたくする。」

「よし。してこい」

俺はスケルティアの頭をくしゃっと撫《な》でてから、送りだした。

そろそろあちらのほうでも、アレイダが、はじめそうだ。

そこにスケルティアも、そーっと近づいていって、アレイダの隣に並ばずに、なぜか、男たちの背後に回っていった。

ああ。蜘蛛の習性か。

「てめえ！　この野郎！」

激高した男が叫ぶ。

「野郎じゃないわよ。女よ。べろべろばー！」

アレイダがわかりやすく挑発をする。

男の顔がみるみる赤くなってゆく。

はい。爆発、三秒前。

俺はマダムにぴっと手を上げた。麦酒《エール》のおかわりを要求する。

殴《なぐ》り合いがはじまった。

正確にいうと、〝殴り合い〟ではなくて、一方的に、殴って殴って殴っているだけだから——、〝殴り殴り〟とでもいうべきだろうが。

とにかく喧嘩がはじまった。

男たちは次々と畳《たた》まれていった。テーブルも壊さない。店の備品の破壊も、他の客への被害も、最小限。

アレイダは投げ飛ばした男の着地点まで計算してるし。スケルティアのほうは、テーブルから落ちたジョッキが地面につくまえに、糸を飛ばしてキャッチする芸当などを、敵の一人を絞《し》め落としている最中に披露していた。

俺は心配どころか、ほとんど関心さえ払わず、麦酒《エール》とツマミに没頭《ぼっとう》していた。

このマダムの特製チーズ。うまいな。

最初はなんだこのカビたチーズは。とか思っていたが。カビを取り除いた綺麗《きれい》な中味が、食うべき正味物のほうで、それがめっちゃうまい。

「お……、覚えてやがれ……!!」

陳腐《ちんぷ》な——それこそカビの生えた捨て台詞《ぜりふ》を残して、男たちは引き上げていった。

ちゃんと仲間を引きずって行けるように、歩いて帰れる人数まで、アレイダとスケルティアは、きちんと調整している。

うん。街の喧嘩で、二人に教えるべきことは、もう、なにもないな。

すこしだけ騒々しかった、ある一夜の、取るに足らない出来事は、こうして終わった。

#025. 黒幕についての情報 「マスターにお任せします」

「……調べがつきました。マスター」

「おお。そうか」

ひさしぶりに賢者の格好で外に出ていたモーリンは、戻ってくると、俺にそう報告した。

ちょっと内密の話なので、酒場のホールではなく、馬車のなかの屋敷の一室で、俺はモーリンを出迎えた。

ここは小さな街だが、冒険者ギルドの支局くらいはある。そこに顔を出してきてもらって、起きていることの裏を取ってきてもらったのだ。

こちらの世界で顔が利《き》くのは、俺よりモーリンのほうだから、彼女に頼んだわけだ。

「マダムの店は、悪質な嫌がらせを、以前から受けていたようです」

「ほう」

モーリンの言葉に、俺はうなずいた。

うむ。それは、見ればわかる。

アレイダあたりだと怪しくて、男どもを追い返したあとにも、「もう酔っぱらいってイヤよね」などと、天然でのんびりしたことを呟《つぶや》いていたものだから、「あれはワザと暴れにきてたんだよ」と教えてやらねばならなかったほどだ。

「……で？　嫌がらせを受けていた理由は」

「街の、とある有力者から、肉体関係を求められていたようです」

「……」

俺は、あからさまに顔をしかめた。

あの美貌《びぼう》だ。あの体だ。そして性格もいい。

欲しくなるのはわかるが……。どこのどいつだ？

「その、とある有力者っていうのは？　どこの小物だ？」

「この街の領主です」

うっわ。……腐ってんな。この街。

「前々から懸想《けそう》して、愛人契約を結ぼうとして、いろいろと、ちょっかいをかけていたそうです。ですが、けんもほろろに拒絶され、はじめは合法的な圧力を加えていたようです。温泉ならびに宿の営業許可を取り消そうとしてみたり」

「それは合法なのか」

「それでもマダムがなびかないので——。最近では、少々、非合法な手段にも出てきているようですね」

「馬鹿かそいつは。なびくわけないだろう。北風をいくら強く吹いてみても、旅人がマントを脱ぐはずがない」

「あのごろつきどもですが。領主の私兵です。定期的にやってきては、店で暴れていたようです。いったん離れた客が戻ってくると、またやってくるそうで」

「だからなのか。店がこんなに寂《さび》れていたのは」

俺はうなずいた。

変だとは思った。酒も料理もうまい。宿も温泉も快適。女主人も美人。——なのに、宿泊客は俺たちだけ。

マダムが一人で切り盛りしていたのも——思えばあれは、従業員を危険にさらさないためだったのかもしれない。

「単に経営難なのかもしれないですね。必要はないかと思いましたが、店の経営状況についても、別方面から調査してまいりました。かなりの借金があるようです。——これも、その地方領主が、無条件かつ無期限の融資《ゆうし》を申し出ていますけど。現状、断り続けています」

「なるほど。そういった状況か」

「はい。マスターの世界でいうと、〝型にはめる〟という状況ですね。――ヤクザ用語ですけど」

「なぜおまえは、俺より、俺の世界の言葉に詳しいんだ?」

まあ。事情はわかった。状況も把握《はあく》した。

だが、やはり俺の判断と行動は、変わらない。

悪代官――じゃなくて、悪徳地方領主か。

そいつらが立場を悪用して、私腹を肥《こ》やしているとして、いちいち正して回るようなことはしない。

そんなことをしていたら、体がいくつあっても足りない。

悪代官なんざ、この世界に何人いるんだ?

一人を見つけたんだから、二〇人はいるのは確実だ。そして二〇人目を見つけだす頃には、二〇かける二〇の、四〇〇人に増えているに決まってる。

水戸黄門《みとこうもん》じゃあるまいし。諸国漫遊の世直し旅なんかしていられるか。

ああまあ……。スケさんとカクさんならいるけどな。ハチベエはいないけどな。

俺はモーリンの口から、「水戸黄門」の名前が出てこないか、数秒ほど、びくびくしながら待ってみた。

——が、さすがにこれは出てこなかった。

かわりに出てきたのは——。

「あと調べてきたことは、もうひとつ。——マスターの判断に影響するかと思いまして」

「なんだ？　言ってみろ」

俺は鷹揚《おうよう》に聞いてみた。内心では、ちょっと、びくびくしながら——。

俺の考えが変わるだって？　なぜ？　どんな理由で？

「マダムの良人《おっと》が出征《しゅっせい》した戦いですが。七年ほど前の出来事でした」

そんな前なのか。ずいぶんと長い間、操《みさお》を立てていたんだな。

「その争いの理由ですが。ほとんどする必要もない戦争でした。ここの領主が、遠くの小国に、言いがかり的な戦争をしかけまして——。小さな局地戦を一、二回、仕掛けたあとで、すぐに和平協定が結ばれています」

「ん？」

俺は妙な違和感を覚えた。

「なんで起きたんだ？　その戦争？」

普通、戦争というのは、資源ないしは領地を奪う目的で起きるものだ。そしてはじめるからには、目的を達成するまで終わらない。和平が結ばれるのも、戦況が硬直しきって、両国が疲《ひ》弊《へい》しきって、共倒れとなることを防ぐためだ。

「いや……、なぜ、起こしたんだ？」

「なぜだと思いますか？」

質問に質問を返される。逆に聞かれてしまった。これでは教師と生徒だ。

ずーっとずーっと昔。まだモーリンが師であり、俺が弟子《でし》であった頃の気分を、一瞬だけ思い出してしまって――。俺はすこしだけ恥ずかしくなった。

昔、モーリンは、子供の俺が「なぜ？」と聞くと、姉的な微笑《ほほえ》みを浮かべつつ、「なぜだと思う？」とオウム返しに問い返して、俺に考えさせていた。

ひとつ。考えられる理由がある。

だが……。

まさか。まさか。まさか……。

まさか……？　そんな小さいやつが、存在するのか？

「気に入った女を自分のものにするために、旦那《だんな》を亡き者にした……？　そのために、わざわざ、戦争を起こした……？」

「噂《うわさ》ではそうなっています。わたくしも少々信じがたかったので、裏を取るために、調べてまいりましたが……。疑いから確信へと変わりました。戦場で、彼女の良人を、後ろから斬《き》った下手人《げしゅにん》も突き止め、本人を捜し出して、《真偽の天秤《トゥルーライズ》》をかけたうえで、証言も取ってみましたが……」

ああ。なるほど。ガチだった。

ここの領主は、女を手に入れるために、陥《おとしい》れて型にはめるような小悪党だと思っていた。

だが、ちょっとばかり、小悪党の域を越えてしまっていた……。

ちなみに《真偽の天秤《トゥルーライズ》》という魔法は、賢者系の高レベルにあるレア魔法だ。相手の言ったことの真偽を確認するというものだ。

「彼女の良人《おっと》の指輪です。金目の物だったので奪ったのでしょう。古物商に流れた先を追い、買い戻してきました」

ことりと、金のリングがテーブルに置かれる。

「その指輪をどうするか……。マスターにお任せしたいと思います」

モーリンは俺の目を見ながら、そう言った。

#026. 俺のものになるか　「忘れさせて……、おねがい」

俺は、彼女の夫の遺品の指輪を持ち、長いこと、考えていた。

そのおかげで夜になってしまった。

夜、酒場の片隅のテーブルで、一人で残っている俺を、彼女はなにも言わず、そこにいるのが当然のように、あたりまえのように受け入れていた。

彼女は、いつものように、一人で店の片付けをやっている。

酒場の片付けが、半分くらい、終わったところで――。

「あんたのものにはならないよ」

彼女は、唐突《とうとつ》に、そう言った。

「前にも言ったけど。あんたのものにはなれないの。ごめんなさい」

正確にいえば、そうは言ってはいない。〝良人がいる〟と、そう言っただけだ。

そして、その夫は――。

悩む時間はもう終わっていた。

俺は決めていたように、ポケットから指輪を出すと――。ことりと、音を立てて、机の上に置いた。

彼女の視界の隅にはうつったはずだ。

もし彼女が、見てもわからないのであれば、それでいい。

だが彼女は――。

「それを……、どこで？」

「とあるルートで見つけてきた。あんたが持っているべきだと思った」

見つけてきたのはモーリンだが。まあ。そのへんはどうでもいい。

彼女は、よろよろと、覚束《おぼつか》ない足取りで近づいてくると……。

指輪を手に取り――。彼女は、内側に刻まれた文字をよみはじめた。

「……。〝ジョセフィーヌから、ロンサムへ――。永遠の愛を誓って〟。……ええ。これは確かに、あの人の物だわ。あたしがあの人に贈った指輪よ」

そう言って、彼女は、自分の指に嵌めていた指輪を抜き取った。

同じ形の指輪。こちらにはきっと、「ロンサムから、ジョセフィーヌへ――」と、同様の文面が刻まれているに違いない。

「どこかでは……、わかっていたのよ。あの人は、もう、帰ってこないんだって……。でも認めたくなかった。ずっと店をやっていれば、頑張って守っていれば、あの人が、憎めない笑顔を浮かべて、ひょっこりと現れるんじゃないかって……」

よろよろと、よろめき……立っているのも困難そうだ。

「死んだって言われても、信じなかった……。きっと……。戦場から逃げだして、バツが悪くなって、戻るに戻れないだけなんじゃないかって……。あの人って。ほら。臆病者だから……」

彼女は俺を見て、笑いを浮かべた。

笑いながら、泣いた。

「ぜったい……、帰ってくるって……、待ってれば……、来るって……、だから……、だからあたしは……」

「帰ってきたろ」

俺はそう言った。

形見《かたみ》の品――。

一つだけだが――。

彼女の夫は、いま、帰ってきたわけだ。

それが理由だった。

俺が、彼女に指輪を渡すことに決めた――それが理由だ。

彼女に真実を伏せておくことはできた。そのほうが幸せかもしれないと、そうも思った。

だが、男の帰りを待っていた女のもとに、男を帰すべきではないかと思ったのだ。

たとえ、いかなる形になっていたとしても――。

あの指輪を俺に託したのは、モーリンだ。俺が決めろと、迂遠《うえん》な言いまわしで言っていた。

そのモーリン自身は、俺が帰ってくるのを、ずっと待っていた。隷従《れいじゅう》の紋を、その身に刻みつけたまま――。

彼女は泣いた。

その場にしゃがみこんで、しばらくのあいだ、泣きつづけた。

まるで子供に返ったかのような、そんな幼い、泣きじゃくりかただった。

俺はそんな彼女のことを、ずっと見守っていた。

麦酒《エール》がなくなった。ジョッキの底に残った数滴を、ちびちびと、勿体《もったい》なさげに舐《な》めた。

泣いている女に、胸を貸すことはしないが、傍《かたわ》らにいてやる。

〝人の近くに立つ〟と書いて、〝傍ら〟と書く。現代世界のほうの「漢字」の話だが――。

俺はその通り、彼女の近くに、ずっといてやった。

「あの人は……、死んだのね」

泣き声も聞こえなくなって、だいぶ経った頃――彼女は、ぽつりと、そう言った。

「そうだ。でも帰ってきた」

「ええ。帰ってきたわ」

ぺたんと座りこんでいた地面から、彼女は立ち上がった。危なげだった足下は、わずかな時間に、しっかりしたものになっていた。

「あの人にね――、言われちゃった」

俺の近くにやってくると、彼女は、ちょっと歳《とし》には合わない、いたずらっぽい娘のような顔で、そう言った。

体温が感じられるぐらいの距離で。

握っていた手を開く。ずっと握っていた指輪が、きらりと光った。

「俺を待つのはもういいから。おまえは幸せになれ。――って、そう、言われた気がしたの」

俺はなにも答えない。答えられない。それは彼女自身の問題だ。彼女がどう考えるかの内面の問題だ。

だが彼女の決めた方向に、俺は賛同する。

女は幸せになるべきだ。特にいい女は。

彼女は俺から離れると、後じさった。まだ片付けの最中だったテーブルに、その逞《たくま》しいとさえいえる尻を載せる。

テーブルの上のものを、腕の一振りで押しのけて、すべて荒っぽく下に落としてしまう。

もう片方の腕を差しのべて、俺を誘った。

「すこしの間でいいの。……忘れさせて」

おやすい御用だった。

#027.　成敗　「俺の女の敵は……、俺の敵だな」

「い、いったい……、な、なんの……」

俺の前で腰を抜かしている小男が、その悪代官。……もとい。悪徳地方領主だった。

椅子《いす》が倒れ、テーブルの上の料理も床に散らばっている。

俺とモーリンの二人は、この館の主である、この悪代官――もとい、地方領主に招かれて、夕食をしていた。

その相手が、いきなり剣を抜いて、喉元《のどもと》に突きつけてきたわけだ。

腰を抜かしてしまうのも仕方がないだろう。

ドアには、モーリンが施錠《ロック》の魔法をかけている。

どんどんどん——と、向こう側から激しく叩かれているが、ぶち破られるまでには、いましばらくかかるだろう。

夕食中の部屋の中には、警護の者が二人ほどいたが、油断こいて、欠伸《あくび》などしていたものだから、隙《すき》をついて蹴《け》り二発で、ドアの向こうに放り出して、バタンと閉めて、魔法で施錠《ロック》してやった。

しばらくは誰にも邪魔をされない、完全密室のできあがりだ。

ちなみに俺たちの触れ込みは、〝織物商人《おりものしょうにん》〟となっていた。

高価な品を特別にお分けしますよ、売りさばけば、物凄《ものすご》く儲《もう》かりますよ——お代官様も悪ですねえ、とか、それっぽい話を適当に持ちかけたら、相手はホイホイとのってきた。

アレイダとスケルティアは、このあいだ乱闘騒ぎをやったこともあるので、顔バレするので、ここにはいない。ちょっと別所でもって、控えさせている。

「お、お、お——おまえら！　こ、こ、こ、こんなことをして——！　ただで済むと、お、思っているのかっ！」

小男は腰を抜かしながらも虚勢を張ろうとしていた。

そういえば領主だったっけ。威厳を保とうと必死だった。

「ど、ど、ど――どうするつもりだ！　わ、わ、わ――わたしを殺すのか！」

「それもいいがな」

俺がうなずくと、小男は、ヒィッ――と、短い悲鳴をあげた。

ぶっちゃけ。俺はいま。この男の生殺与奪権《せいさつよだつ》を手にしている。

返答次第では、この先、どう転ぶか、わからない。

「まずおまえの罪状からいくか。おまえも、自分がなにをやったのか、知らないままでは、未練も残るっていうものだろう」

「ヒィイッ――」

ああ。言いかたが悪かったな。〝未練〟――だとか。それではいまから殺すと宣言しているようなものだ。

「おまえの罪状を告げる。まずおまえの罪だ。三つある。ひとつ。――俺の女に手を出したこと」

「え？　女……とは、そ、それは誰のことで？」

「ふたつ。――俺の女に手を出したこと」

（それ、ひとつめと同じでしょ）

そこらの空中から声が聞こえる。俺は努めて無視した。

「みっつ。――俺の女に手を出したこと。――以上だ」

(全部おんなじじゃない)

「あ、あの……? ひょっとして、女というのは、あの宿の女将《おかみ》のことを……? 言ってるのか? ……言ってますか?」

「そうだ」

俺は、罪状を告げる閻魔《えんま》大王の重々しさをもって、うなずいた。

「あれは――!! 何年も昔から、私が先に――」

「関係ない」

俺は言い切った。

後だとか先だとか、年数だとか。まったくもって関係がない。てゆうか。何年にも渡って「俺の女」を苦しめてきたわけで、罪状が次々と加算されるばかり。

「わ、わ、わ――わたしを殺したら、ど、どうなるのか――! お、おまえら――わかっているのか!」

俺の怒気を感じ取ったのか、男は怯《おび》えたように声を震わせた。

「いや。知らん」

「正当な理由もなく身勝手に戦争を起こした件は、資料と共にまとめて、王立査問委員会に後ほど提出します。

判断は正しく下されるはずですが、爵位剥奪は、まず間違いのないところでしょうね」

おおう。世界を救った〝勇者〟の元仲間である、大賢者様からの告発文か。

そりゃ右から左に流れていって、いちばんてっぺんの、国王レベルあたりで、処理されることになるんだろうなー。いったいどんな処罰が下るのやら。

ま。俺の心配するこっちゃないけど。

怯《おび》えたり怒ったり、表情が一秒おきに、くるくるとめまぐるしく入れ替わる男に向けて――俺は、口を開いた。

「ひとつ。誓えるか？　もうあの女に一切手を出さない。半径一〇〇メートル以内にも近づかない。それが誓えるのであれば――」

俺が最後まで言い切らないうちに、男は――。

「誓います！　誓います！　ぜったい誓います！　もう二度と手を出しませんし、もう忘れます！　ですから助けてください！　わたしはじつはこれでもけっこういい領主なんですよ！　これからは領民のために！　領民のためだけに生きていきますから!!」

俺はモーリンに首を向けた。

モーリンは、

「ダウト。ダウト。それからダウト。いい領主というのもダウトですし。領民のために生きるというのも、すべてダウトですね」

ちなみに〝ダウト〟というのは、現代世界のカードゲームにおいて、〝嘘〟を見抜いたときの掛け声だ。――って。だから。なぜ知ってる。

まあ、それはそれとして――。

「あーあ……」

俺は、さも残念そうに声を張りあげた。わざとらしいほどの大声をあげた。

実際、すこしは期待していたのだ。

万に一つぐらいかもしれないが、この男が、本気で誓約するかもしれないと……。

だが、これでもう決まった。

「ざーんねーん……」

落胆《らくたん》をたっぷりと込めた、白々《しらじら》しい声によって、ニュアンスが伝わったのか……。

男は肩を震わせはじめた。

てっきり、嘆《なげ》いているのかと思った。だがそうではなかった。

「ふっふっふ……。さっき、報告書は、これから提出する……と、そう言ったな？」

「言ったっけ？」

俺はモーリンに、そう聞いた。

「言いましたし。ここに持っていますし」

豊かな胸元から、ぴろっと、封蠟《ふうろう》を施《ほどこ》した書筒が出てくる。

「では！　お前たちを亡き者とし！　そいつを奪ってしまえば！　このことを知るものは誰もいないということだな！」

「そうなるんじゃないかな」

「そうなりますね」

俺とモーリンは、顔を見合わせた。

（ねえ。まーだー？　そろそろ効果が消えてきちゃいそうなんですけどー？）

「まだちょっと待て」

俺は空中に向かって、そう声をかけた。

ドアのほうでは、どがん、どがん、と、激しい音が鳴っている。

部下たちが、ようやく頭と道具を使いはじめたか――。扉が破られるのは、もはや、時間の問題だ。

「出会えーっ！」

扉が破られると同時に、男が叫ぶ。

武装した男たちが、部屋の中になだれ込んできた。

俺とモーリンを、距離を置いて取り囲む。

「殺せ!!」

男が、叫んだ。

あーあ。言っちまいやがったよ……。

「スケ」

俺は右手のほうに向かって、そう声をかけた。

「すけ。は。ここ。」

すうっと、空気が透明でなくなって、少女の体が現れてくる。

完全武装のスケルティアが、そこに立っていた。

向こうの世界のアイデアで、モーリンに開発させた新魔法だった。向こうの世界では〝光学迷彩〟と呼ばれていたりする。

この魔法をかけて、光学迷彩をかけておいて、二人を室内で待機させていた。

さっきからアレイダの突っこみが空中から聞こえていたのは、そうした理由だ。

「カク」

俺はつぎに、左手のほうに向かって、そう声をかけた。

「だからカクってなんなんだってば」

アレイダ・カークツルスもまた、完全武装で、雄々《おお》しく仁王立《におうだ》ち。

抜刀《ばっとう》したその白刃は、魔力の輝きを刀身に流れさせる業物《わざもの》だ。魔神や魔獣、上位種族に対して用いるべきで、人に使うのがイケナイことに思えてくる、純粋な殺傷のための武器。

「スケ。……前に教えたな？　俺たちを殺しにかかってきた者は、どうするんだ？」

「てき……は。ころす。ようしゃなく。ばらす。」

「よし」

俺は、うちの娘の容赦《ようしゃ》のないほうに――そう、うなずいた。

そして――。

「アレイダ？」

「やるわよ？」

うちの娘の野性味のあるほうは、目を光らせると、そう答えた。

すっかりためらいのない目だ。俺が惚《ほ》れこんだあの目だ。

「――よし！　スケさんカクさん、殺《や》っておしまいなさい！」

いっぺん言ってみたかったんだ。これな。

ちなみに「やって」ではなく、「殺って」なのがミソな。

アレイダが地を走った。スケルティアは壁をつたった。

銀光がきらめくたび、首がひとつずつ跳ね飛んでゆく。

糸がきらめき自由を奪ったところへ、念入りに毒を塗りこんだ短剣が突き立てられる。

私兵は――、二、三〇人は、いたのだろうか。つぎつぎと部屋に飛びこんでくるが、つぎつぎと斬《き》り伏せられて、床の堆積物《たいせきぶつ》へと成り果てる。

二人の戦いぶりは、まるで、踊りだった。

アレイダは返り血に染まり、妖しいほどに美しかった。

スケルティアは生き返ったように嬉々として殺戮《さつりく》を繰り広げていて――なんかもう、べつの生き物だった。

ぽーん、と、胸のまえに飛んできた首の一つを、俺は受け止めた。

なんか。見覚えのある顔だ。

あの夜、酒場で、マダムの尻を撫《な》でた男だった。俺の女の尻を撫でた男だ。一〇〇万と一年忘れない、とか思ったが。もう忘れていっか。

ぽーん、と、俺は頭を後ろに放り投げた。

よーし。もう忘れた。

「オリオン。全員。殺したわよ」

「おわたよ。」

アレイダとスケルティアの声がする。

見れば、もう動くものは、一人をおいて、他になくなっていた。

あとは足下でイモムシみたいにのたうちながら、這《は》いずって逃げようとしている小男――悪徳領主、ただ一人。

まだ誰もなにもしていないから、立って歩けないのは、単に、腰を抜かしているだけだろう。

見れば失禁もしているようだ。

「た……、たすけてくれぇ……、たすけてえぇ……、こ、ころさないでくれえぇぇ……」

足にすがりついてこようとするものだから、一歩、下がった。

ばっちい。

俺は腰から剣を抜いた。

だが思い直して――。

「おい。モーリン」

「はい。わかってます」

モーリンが胸の前で印を切り、魔術を使う。

亜空間の入口が開く。

俺はそこに腕を突っこむと――〝武器〟を、手で探った。

あった。あった。

到底、握れるようなサイズの物体ではないので、腕で絡めて、引っぱった。

巨大な――途方もなく巨大な、金属の塊《かたまり》としか表現できないような物体が、亜空間を抜けてくる。

その巨大な物体は、まるでモーリンの体内から出現しているように見えた。

形状は金棒。しかし、人の用いる武器ではない。かつて勇者として戦っていたときに、異界の魔神と死闘を繰り広げた――そのときの戦利品だ。

こんな悪党は、剣のサビにしてやることさえ、勿体《もったい》ない。

人間一人を殺傷するには大袈裟《おおげさ》すぎる、巨大な鉄塊《てっかい》を――俺は、頭上に振りあげた。

「た、たすけ――」

男は、命乞《いのちご》いをした。

俺は、言った。

「俺は、敵には容赦しない」

そして俺は、男を床の上の染みへと変えた。

#028. そしてエピローグ　「夕陽の沈む方角へ」

別れは――、夕陽の中での出来事となった。

「行ってしまうんだね……」

「ああ。旅もまだ途中だしな」

俺はマダムにそう言った。

彼女は、縋《すが》りついてくるのを、ぐっと堪《こら》えている感じ。

あれから数日は、色々と忙しかった。

まず、街の中のゴミを駆逐《くちく》した。頭は潰したが、体は生きている場合があるので、念入りに腐敗のタネを断っていった。

あと、夜は夜で、また別な意味で急がしかった。俺のものとなった女の体に、誰が主《あるじ》であるのかを、たっぷりと教え込んでやった。

経験豊富な彼女をまじえての夜の営《いとな》みは、アレイダやスケルティアには、色々と参考になったようで……。彼女を先生として、あちらのレベルがアップした。

色々と旅立ちの準備を終え、いざ出発、となったのは、こんな半端な時間だった。

「あの……、あんたさえよければ……、なんだけども……」

言いにくそうに、彼女は言う。

「うん？」

「だから……、その、ずっと……、ここにいてくれても……」

「……いや」

俺は、かぶりを振った。

彼女はぐっと息を呑《の》み、それから、大きく息を吐きだした。

晴れ晴れとした顔になって、それから言う。

「そうだね。……あんたみたいな風来坊《ふうらいぼう》を、引きとめられるはずがなかったね」

「すまんな」

彼女は他の女たちに顔を向けた。

「アレイダちゃんも。スケルティアちゃんも。元気でね。……二人とも、可愛《かわい》かったわよ」

「やだ、もうなに言ってるんですかぁ！」

「……？」

うちの娘の声の大きなほうは、真っ赤になって恥じらっている。

もう一人の声の静かなほうは、意味がわかってなかったのか、きょとんとしている。

「モーリン――」

彼女はつぎにモーリンへと目を向けた。

二人は数日のあいだに打ち解けて、すっかり、呼び捨てで呼び合う仲となっていた。

「――彼のことを、よろしく」

「ええ。もちろん。承《うけたまわ》りました」

「堅いって」

彼女は、笑う。

「ええ。なにがあっても、わたくしはオリオンと一緒ですから。心配なく」

「まかせたよ」

彼女は、もっと笑う。

おや？　ところでいま、マスターでなくてオリオンと呼ばれたか？

ま。いっか。

「オリオン……。あんたは、これから、どこへ行くんだい？」

「どこへ、って……、そりゃぁ……」

答えようとして、自分がなにも答えを持っていないことに気がついた。

だが俺の胸に、ひとつの考えが生まれていた。

昔の道筋を辿《たど》ってみようか。

昔の――。勇者時代の旅の道筋を――。

つらくて、苦しくて、ブラックだった勇者行を、良い思い出で塗り潰してゆくのも、いいかと思った。

ならば、次に訪れるのは――。

俺は、手を持ちあげ、まっすぐに、指し示した。

「この夕陽の沈む方角へ――」

あとがき

ども。ダッシュエックス文庫では、三シリーズ目となります、新木《あらき》です。

通算冊数では、えーと……。一一冊目ぐらいです。たしか、そんなもんです。

今回は、まず、読者の皆様に、ご報告しておかねばならないことがっ。


この本。普通のラノベじゃありません。

あれこれと、「タブー」を破っちゃっている作品です。

ラノベには、遵守《じゅんしゅ》しなければならない「不文律《ふぶんりつ》」というものが、じつは色々とあります。

ミステリで「殺人事件が起きねばならない」とか。

SFで「頭のいいやつが勝たねばならない」とか。そういうものと、似たようなルールが、じつは、三つほどあります。

・主人公は少年（ティーンエイジャー）であること（当然、性体験なし）。

・主人公は善良であること。
・成長物であること。

これがその「ラノベの三戒」と呼ばれるものです。――って、新木が勝手に呼んでいるだけですけど。

本作品は、この三つとも破っちゃっております。そりゃもう、見事なまでに。


まず主人公。けっこうワルです。

好き勝手やってます。ばっさばっさと殺戮《さつりく》します（その必要があれば）。


あとティーンエイジャーでもないです。当然、童貞《どうてい》でもなく――。

文章表現上は「朝ちゅん」で省略されていますけど、セックスも、ごくフツーにやってます。ヤリまくりです。ケダモノです。

なぜ朝ちゅんで省略しているのかといいますと、そのへんをきっちり描いてしまうと、それこそ、なにか別の物になってしまいますので……。


さらには成長もしません。

通常のラノベでは、バトル物でもラブコメでも、なんらかの成長はあるものなのですが……。

たとえばバトルものであれば、当然、「戦闘力」ですよね。

ラブコメなら、ラブコメ力？　スケコマシ力？　ラッキースケベ力？　なんかそんなような「力」が、向上してゆきます。

他のジャンルの場合でも、たとえば精神的な成長であるとか、なんらかの「成長」はあるわけです。

主人公は「若者」なのですから、なにかが、向上していかないとー。


ですが、はっきり言います。

うちの作品の主人公。成長しません。

水戸黄門《みとこうもん》のご老公が、はじめから「最強のご隠居《いんきょ》」のまま、成長も変化もしないのと同じで、うちの主人公も、「最強無慈悲《むじひ》なケダモノ」のまま、成長も変化もしないわけです。


この物語は、元勇者が、（こんどは）いい子ちゃんの皮を脱ぎ捨てて、好き勝手な人生を送る――と、そうしたお話です。

お供を連れて、道中のあちこちで「俺の女」をこしらえて回ります。

そのついでに、気に入らない悪党を、爽快《そうかい》に「ぶぅち殺す」ようなことが、あるかもしれませんが……。しかしそれは、あくまでも、物事の「ついで」でありまして——。

当作品は、あくまでも——。

不自由でブラックな人生を送ってきた人間が、自由に気ままに、生きたいように生きる。

自分らしさを取り戻す。

——と、そうした物語であります。

普通に企画書を書いて本を出していたら、新木も、こんな話はやりません。絶対通りません。ラノベの三戒を破っているような企画は、出したところでポイされます。

しかし新木は、最近、「小説家になろう」という場所で連載をしておりまして——（ダッシュエックス文庫でやっている、もう一つの作品である『異世界Cマート繁盛記』も、なろう発の作品だったりします）。

そこでは、ラノベ界とはまた違うルールで動いております。「無双《むそう》」で「ストレスフリー」でありさえすれば、あとはだいたい、なにやってもいいのですね（これを新木は「なろうの二戒」と、勝手に呼んでおります）。

主人公が少年でなくてもいい。大人でもいい。三〇歳ブサメンのキモ童貞魔法使いだったりしてもいい。そもそも人間でなくたっていい。主人公が蜘蛛《くも》でもオークでもリッチでもスケルトンでもスライムでも、なんなら、自動販売機だってかまわない。――無双かつストレスフリーの「二戒」さえ守っているならば。

そんな場所で、書籍化のことだとか、邪念を一切持たないで、「主人公がやりたいことをやる！」というだけの、シンプルな話を書こうと思ったのが、今年のゴールデンウィークのことでした。

なろうの二戒は守っていましたが、ご説明の通り、ラノベの三戒は破りまくりですので……。連載は読んでもらえても、本になるのは、こりゃ無理だろうなー……と、はじめから欲を持たないで、無心で書いておりました。

新木は職業作家ではありますが、お金にならなくても、小説を書きます。

そういうときには商売っ気抜きで、もう、好き勝手に書きます。好き勝手な主人公の話を、好き勝手に、気分よく、書き散らかしておりました。

と、そうしましたら――。

『英雄教室』と『Cマート』と、新木の二シリーズを担当されているY氏が、「三シリーズ目、やりますか～！」とのお言葉。なんと。出版オファーをかけてくれました。

「型破りなのが面白い。出版してみて、世に問うてみたい」とのこと。

好き勝手に書いていただけの作品ではありますが……。新木的には、本になるのでしたら、もちろん大歓迎です。是非などありません。

——と。そんなわけで、皆様のところにお届けできた作品ですが。

どうだったでしょうか？　ご意見、ご感想など、末尾の二次元バーコードよりアンケートページのほうで、お聞かせいただけると幸いです。

作品の成立秘話については、こんな感じですが——。

ちょっとここで、作品世界について、解説などを挟みたいと思います。

現代世界と、だいぶ「常識」が違っている世界です。ご注意ください。

作中で主人公が、「うちの娘」の二人に対して授業しておりますが——。

この世界には、まず「基本的人権」というものが、ありません。人はわりとコロッと死にますし、ひどい目に遭《あ》いもします。

奴隷《どれい》売買。ぜんぜん常識の範疇《はんちゅう》。戦争やって負けた側の人民は奴隷コースまっしぐら。

人を殺して回るようなやつは、この世界においても「悪人」かつ「殺人鬼」の範疇で……。

そのうち悪事が自分に返ってきて自滅するでしょうけど。

冒険者でも普通の人でも、自衛のためであれば、相手を殺しちゃってもかまわない世界です。とくに咎《とが》められもしませんし、警察なんてものもないですし。せいぜいギルドに「襲われたんで返り討《う》ちにしてやった」と報告を入れる程度でしょう。

また「レベル」やら「ステータス」やら「クラス」やらが実在しています。

さすがにステータスウィンドウがオープンしたりはしませんけど。しかるべき手段によって「数値」として確認可能です。

人もモンスターもレベル次第で、どこまでも強くなっていけます。作中で、アレイダが自動車相当の重量をかついでいますけど。レベル20程度で、ぜんぜん可能な芸当です。極限までレベルを上げた「勇者」など、剣の一振りで山脈を崩すぐらいの芸当はやってのけます。

ちなみにそれができるようになるのは、だいたい、レベル700~800くらい。

現代世界からすると、非リアルですが。あちらでは「世界の仕組み」として、そうなっていますので、もー、しょうがないんです。これが、この世界における「リアル」なのです。

そんな世界においても、主人公とその仲間たちは、少々、常識を逸脱しておりますが……。

そこそこ才能のある人間が、一生賭《か》けて、レベル20に到達するかどうか、というところを、たった一日でレベル20ですから。勇者式パワーレベリングは伊達《だて》ではないのです。

このへん、ＭＭＯＲＰＧなどで、セカンドキャラを育成したことのある人でしたら、「ごくあたりまえ」の感覚であろうかと。


さて、最後に、各種アドレスのご紹介。

新木の連載作品のある「小説家になろう」の著者サイトはこちらです。

書籍化済みの作品。書籍化していない作品。過去の名作の復活版。色々。取り揃《そろ》えてお待ちしております。

またアンケートページのほうからは、最近全然更新していない公式サイトへも辿《たど》れます。そちらもよろしくお願い致します。


「小説家になろう著者ページ」http://mypage.syosetu.com/605697/

「アンケートページ」http://www.araki-shin.com/jicho1.htm

この作品の感想をお寄せください。

あて先　〒101-8050　東京都千代田区一ツ橋2-5-10
集英社　ダッシュエックス文庫編集部　気付
新木 伸先生　卵の黄身先生

ダッシュエックス文庫

自重しない元勇者の強くて楽しいニューゲーム
新木 伸

2016年11月30日 第1刷発行
2016年12月21日 第2刷発行

★定価はカバーに表示してあります

発行者 鈴木晴彦
発行所 株式会社 集英社
〒101−8050 東京都千代田区一ツ橋2−5−10
03(3230)6229(編集)
03(3230)6393(販売/書店専用) 03(3230)6080(読者係)
印刷所 大日本印刷株式会社

ISBN978-4-08-631156-4 C0193

ダッシュエックス文庫

英雄教室
新木 伸
イラスト／森沢晴行

英雄教室2
新木 伸
イラスト／森沢晴行

英雄教室3
新木 伸
イラスト／森沢晴行

英雄教室4
新木 伸
イラスト／森沢晴行

元勇者が普通の学生になるため、エリート学園に入学!? 訳あり美少女と友達になり、ドラゴンを手懐けて破天荒学園ライフ満喫中!

魔王の娘がブレイドに宣戦布告!? 国王の思いつきで行われた「実践的訓練」で王都が大ピンチに!? 元勇者の日常は大いに規格外!

ブレイドと国王が決闘!? 最強ガーディアンが仲間入りしてついにブレイド敗北か!? 元勇者は破天荒スローライフを今日も満喫中!

ローズウッド学園で生徒会長を決める選挙を開催!? 女子生徒がお色気全開!? トモダチのおかげで、元勇者は毎日ハッピーだ!

ダッシュエックス文庫

英雄教室5

新木 伸
イラスト／森沢晴行

超生物・ブレイドは皆の注目の的！ そんな彼の弱点をアーネストは〝魔法〟だと見抜き!? 楽しすぎる学園ファンタジー、第5弾！

英雄教室6

新木 伸
イラスト／森沢晴行

クレアが巨大化!? お色気デートで5歳児ブレイド、覚醒!? 勇者流マッサージで悶絶!? 英雄候補生たちの日常は、やっぱり規格外!!

異世界Cマート繁盛記

新木 伸
イラスト／あるや

異世界でCマートという店を開いた俺。エルフを従業員として雇い、いざ商売を始めると現代世界にありふれている物が大ヒットして!?

異世界Cマート繁盛記2

新木 伸
イラスト／あるや

変Tシャツはバカ売れ、付箋メモも大好評で人気上々な『Cマート』。そんな中、ワケあり少女が店内に段ボールハウスを設置して!?

ダッシュエックス文庫

文句の付けようがないラブコメ3

鈴木大輔
イラスト／肋兵器

文句の付けようがないラブコメ4

鈴木大輔
イラスト／肋兵器

文句の付けようがないラブコメ5

鈴木大輔
イラスト／肋兵器

文句の付けようがないラブコメ6

鈴木大輔
イラスト／肋兵器

今度こそ続くと思われた愛の喜劇《ラブコメ》にも、決断の刻がやってきた。愛の逃避行を選択した優樹と世界の運命は…？　学園編、後篇開幕。

またしても再構築。今度のユウキは九十九《つくも》機関の人間として神鳴沢セカイと接することに。大反響〝泣けるラブコメ〟シリーズ第4弾！

セカイの命は尽きかけ、ゆえに世界も終わろうとしている。運命の分岐点で、ユウキは新婚旅行という奇妙な答えを導き出すが——。

セカイとユウキがひたすらに繰り返す不条理な愛の喜劇《ラッコメ》の発端とは何なのか？　その深淵に迫り真実が明かされた時、二人の選択は…。

ダッシュエックス文庫

最強の種族が人間だった件2
熊耳少女に迫られています
柑橘ゆすら
イラスト／夜ノみつき

逆転召喚
～裏設定まで知り尽くした異世界に学校ごと召喚されて～
三河ごーすと
イラスト／シロタカ

逆転召喚2
～裏設定まで知り尽くした異世界に学校ごと召喚されて～
三河ごーすと
イラスト／シロタカ

異世界君主生活
～読書しているだけで国家繁栄～
須崎正太郎
イラスト／狐印

エルフや熊人族の美少女たちと気ままにスローライフをおくる俺。だが最強種族「人間」の力を狙う奴らが、新たな刺客を放ってきた！

湊《みなと》が召喚されたのは、祖父の書いたファンタジー小説そのままの世界だった！　いじめられっ子が英雄になる、人生の大逆転物語!!

ファンタジー小説の世界に学校ごと召喚され、美少女と共同生活する湊。生徒流入により裏設定が変わった精霊の国を救う方法とは!?

読書好きの直人《なおと》は、財政難の国を救う王となるために神官セリカから異世界に召喚された。本で読んだ日本の技術と文化で再興に挑む！